惡童書

笭菁 著

CONTENTS

楔子 004
第一章 006
第二章 025
第三章 046
第四章 066
第五章 083
第六章 101
第七章 120

第八章 147
第九章 166
第十章 195
第十一章 223
第十二章 252
尾聲 281
後記 285

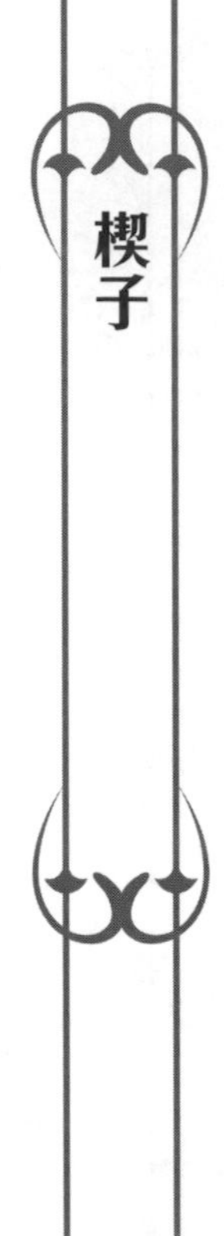

楔子

「賤貨！死女人！」

她聽見了巷子裡有聲音，有點緊張的站在巷口。

這是捷徑，沒什麼人，平常她往左拐很快就可以到家……可是現在，在偏僻的地方，有一群學生很像在打架。

「把她衣服脫掉！撕爛！」女孩子殘虐的喊著，一邊扯著趴在地上的女孩的衣服，「相機準備好，拍照上傳，哈哈哈！」

「看妳多清高！」一群人大笑著，她都可以聽見衣服撕開的聲音。「功課好了不起喔！」

「不……救命救命！」一直趴著的女生大喊著，可是她由後被架起，那些人真的在脫她衣服。

好可怕！她想著，決定快步走過去。

「喂！」有人注意到她了，「有人！」

同時，幾個人不約而同的回頭看向她。

「看什麼啊！滾！」他們說著，朝她揮手，「小朋友閉嘴喔！妳要是亂說話的話……」

被打的那個女生，現在正被抓著頭髮，跪在地上，亂髮遮去她的臉，制服已經被撕開，身上到處都是傷。

她望著她，拚命的想伸直手。

「報警！求求妳報警！」她突然尖叫著，「快點叫大人來！救我！」

「可惡！」前頭的長髮女生一回頭，狠狠就甩上一巴掌，「內衣也剝掉啦，我要拍裸照！好好教訓她！」

一個男的拿出手機，不忘回頭指向她，「快滾啊死小孩！」

她嚇得發抖，緊握著書包背帶，頭也不回的往左轉的巷子奔離。

「救我！拜託——報警！」求救的聲音被尖叫聲打斷，「住手！住手！」

「胸部超小的哈哈哈！」

不知道！她不知道！她今天什麼都沒看見。

不關她的事，不關她的事！

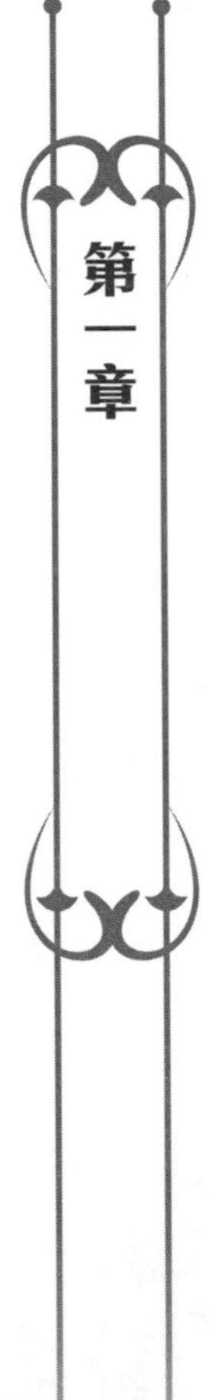

第一章

他一直知道自己很不一樣。

地球上有七十三億人，人人不同，從外貌種族文化智力均有差異，或高或低、進而造就一個人的一生，也使得每個人的人生際遇不同。

而他，一定是大放異彩的那個！因為他不僅天賦異稟，還擁有特殊能力，未來不僅僅是人中之龍，還會是萬人崇拜景仰的對象。

只是苦於時候未到，他只能窩在這裡，跟一群凡庸之輩在一起。

「看來有小偷啊！」淡淡的，他撐著下巴看向右邊兩排，兩個位子前的背影。

「嗯？」身邊高大壯碩的男孩沒聽清楚，「你剛說什麼？」

只見他用下巴往前指，「大松，林恭正的新玩意兒是偷來的。」

咦咦？坐在前面的女孩子趕緊回頭，睜圓一雙眼，「真的假的？你看到什麼了？」

「怒意與悲傷，東西主人對物品的思念都寄託在上面了。」他嘆口氣，「真是手腳不乾淨的傢伙！」

邱彥菱趕緊轉回去，悄悄的往斜前方看去，只見個男孩愉悅的抱著手機，身體輕輕搖擺，看起來正在聽音樂。

「是耳機嗎？」她立刻回首再問一次。

秦子祥肯定的點點頭，深吸了一口氣，衝著前方突然就開口：「你那是偷來的！」

二十幾人的班級裡，這聲指控讓下課的吵鬧霎時安靜下來。

戴著耳機的林恭正沒有聽見，他正愉悅的沉浸在手機的音樂聲中，身體甚至隨之搖擺。

一頭亂髮的秦子祥瞪著他，朝著身邊的大個兒使了眼色。

「喂！」高大的大松噸位十足，立刻往前，一把扯掉林恭正的耳機，還嚇了他一大跳！

林恭正錯愕的望著扯掉他耳機的大松，這才注意到全班詭異的眼神全落在他身上。「幹、幹嘛啦！」

「你耳機是偷來的。」秦子祥坐在他隔壁兩排的後方，直指著他，「小偷！」

「……什麼？」林恭正望著手上的耳機，連忙搖頭，「這才不是我偷的，這是、這是……」

「你少來了，別告訴我是你爸媽買給你的，你家根本不許你買！」秦子祥站起來笑著，「我一看就知道那是偷來的東西！手腳不乾淨！」

「才不是！這是……這是人家送我的！」後面五個字說得很小聲，看起來倒像是心虛。

「送你？」大松誇張的大笑起來，「哈哈哈哈！誰這麼有錢會送你這麼貴的東西啊？你當我們白痴喔！」

「就是，有這麼多錢我就買給自己了，我買給你幹嘛？」坐在秦子祥前面的邱彥菱冷笑，尖細的聲音分貝甚高。

「反正就是別人送我的……你們很奇怪耶！」林恭正皺起眉，「無緣無故又找我麻煩幹嘛？我聽我的音樂，你們管我耳機哪來的？」

「我才不想跟小偷同班咧！」秦子祥立刻打斷他的話，「今天偷耳機，誰曉得明天會不會偷我們的錢啊？」

其他同學開始竊竊私語，有人覺得無聊、有人覺得事情只怕不會是空穴來風，倒不是說林恭正家境不好，而是他們家教甚嚴，連好一點的手機他爸媽都不願買給他了，怎麼可能會買給他昂貴的耳機？

是不合理啊！

「有完沒完啊，沒有證據憑什麼說大傻是偷的？」坐在門邊的女孩不高興的回首，「你們真的很閒耶，有事沒事就喜歡找大傻麻煩，你們知道這是霸凌嗎？」

「霸妳的頭啦，暴牙妹，我們是在檢舉小偷耶！」秦子祥高昂起頭，「我說過不要跟我提證據，因為只有我看得見！」

又來？暴牙妹挑高了眉，秦子祥從入學以來就不停的強調他有「陰陽眼」什麼的，反正所有事情均逃不過他的法眼，講得跟真的一樣咧……

她是沒在信啦，就當他是個愛吹牛的神經病罷了。

「是喔，那請問這條耳機上面是有附上什麼靈魂，跟你說……」暴牙妹立刻扮作鬼的模樣，拖長了聲音，「我……好……冤……啊……」

「死暴牙！不許妳質疑我的力量！」秦子祥憤怒的一擊桌子，「耳機上面並沒有什麼亡靈，而是主人不甘願的生靈附在上面，因為他的東西被偷走了！」

同學們或瞪圓眼、或交頭接耳，或是戴起自己的耳機懶得理這齣鬧劇，逕自滑著自己手機或繼續看書，這種狀況已經司空見慣了！從高一到高二，以秦子祥為首的那票，總是喜歡這樣欺負弱小，林恭正因為上學期末幫人出頭，所以新學期以來成了新標靶。

換句話說，誰出頭，秦子祥就要惡整那個人，讓大家再也不敢忤逆他。

這是霸凌，沒錯！可以報告老師報告學校，高興的話還是可以找議員找媒體，這都是局外人說的風涼話；因為問題在於一旦去說了，被霸凌的那個人除了轉校跟轉班之外，幾乎沒有第三條路可以走——因為，霸凌者不會讓你活下去的。

這是個公開的秘密，大家都知道，也不要太奢望多少人會幫助你，沒事的人通常不會管，誰喜歡沒事沾惹一身腥？

林恭正的確不想理，轉正身子，想要繼續戴上耳機聽音樂，大松又扯掉他的耳機，這次是整條線從手機上抽走了。

「我的耳機——你們幹嘛啊！」

「這是贓物！」秦子祥得意的笑著，張開手掌，接過大松拿來的耳機線，「我要去報告老師，說班上有小偷……啊，還是報警好了？」

「我不是！」林恭正氣急敗壞的跳了起來。

「林恭正！不要跟他們鬧啦，」有同學不耐煩了，「你不是說有人送你的？那快說是誰就好了啊！」

「是．是——就是……」林恭正到口的話卻無論如何都吐不出，糾結的眉頭象徵他掙扎的心，一個字都吐不出來。

這模樣，反倒看起來像更加心虛了。

「怎麼說不出來？該不會真的是偷的吧？」

「就算很想要也不能幹這種事吧？」

「上學期他當總務時，佈置教室的錢最後不是少了一百嗎？老師那時是算了，不過也是在他手上不見的吧？」

林恭正緊握雙拳，臉色都漲紅了，緊咬著牙站在位子上發著抖。

「夠了沒！」門口站著剛買飲料回來的女生，「你們又在幹嘛？那耳機是我送他的啦！」

咦？班上不由得瞪圓雙眼，看著長得白皙粉嫩的美麗少女，游雁然不只是班花，只怕是全二年級最漂亮的女生了，很多男生都超喜歡她的，但是她……卻送耳機給林恭正？

那個看起來又笨又拙動作反應又遲緩的傢伙？

「游雁然……就算妳坐他隔壁，也不必這樣胡亂挺吧？」邱彥菱懶洋洋的開口，「幫小偷作假不是友情的表現吧？妳那是在縱容他！」

「關妳什麼事？」游雁然筆直的走了過來，「那是我送他的生日禮物，同學間是不能送禮物嗎？」

「禮物？」秦子祥趕緊向周遭同學打探，林恭正的生日是什麼時候？還有兩週的時間咧，有人送禮物送這麼早的嗎？

「他一直很想要耳機，我早就知道了，提前買好就乾脆提前給他了啊！」游雁然自然的走到林恭正右邊座位坐下，「你幹嘛不講？就我送的，幫我遮掩什麼？」

不管是單純同學間的友情還是喜歡與否，反正總比被當成小偷好吧？

這急轉直下的狀況又引起了新話題，游雁然居然送林恭正這麼好的禮物？難不成校花居然喜歡那個傻子？不只不聰明，林恭正外型也不顯眼，一副就是呆笨樣啊！

「不會吧？游雁然喜歡林恭正？這是一朵鮮花插在牛糞上吧？」

「林恭正，游雁然送這麼貴重的禮物你也收喔？」

「你們在交往了嗎？」

眾人你一言我一語的，漫天教室開始嗡嗡叫，秦子祥見狀況不對，又氣又急的連忙上前。

「游雁然是在袒護林恭正！她說謊！」秦子祥來到林恭正身邊，指向他，「這耳機就是偷的，我說過我看得見上面糾纏的怒氣與悲傷，原主人很難過的！」

「該不會其實是游雁然偷的吧？」不知道誰這樣天外飛來一筆。

「不是！跟游雁然沒有關係！」林恭正可急了，趕緊幫她辯駁，「這真的是……是……」是游雁然送的。

他還是說不出口，他就是怕有這種現象，大家會說游雁然喜歡他、或是他喜歡她之類的！他、他喜歡啊，但是游雁然怎麼可能喜歡他這種人？現在大家都在背後議論了，講他沒關係，可是不應該議論游雁然啊！

「在吵什麼！」導師的聲音突然出現在後門，「吵吵鬧鬧的，還讓別班跑來找我報告？都給我回座位坐好！」

導師一來，大家立刻迅速回到位子上坐定，秦子祥倒一點都不在意，若不是上課鐘響，他還真不想回座位；只是導師剛一站上講台，他就立即舉手發難。

「老師，林恭正偷東西，這個耳機是他偷來的。」秦子祥手裡握著大松搶來的耳機線，

說得信誓旦旦。

「秦子祥，沒有證據不要亂栽贓。」導師黃千瑀皺眉勸說，「你說林恭正偷東西，那是偷誰的？怎麼偷的？」

「這讓他自己說啊！」秦子祥聳了聳肩，「我只看見這上面濃濃的悲傷，失主原本可是很寶貝的。」

又來？黃千瑀不免蹙眉，秦子祥這學生真令人頭疼，總是愛在校說些怪力亂神的話，總是吹噓自己有天眼通或陰陽眼，可以看到平常人瞧不見的東西。

「只有你看到的事不能作數。」導師不耐煩的說著，走到他身邊將耳機線拿回，「林恭正，你說，這是偷的嗎？」

林恭正怯生生的回頭，「不是。」

「是游雁然送他的啦，秦子祥不知道又在發什麼神經！」暴牙妹沒好氣的說著，「游雁然剛剛自己都講了，還硬在那邊說林恭正是小偷，有病啊你們！」

「那是游雁然說謊！」秦子祥氣急敗壞的吼著。

「怪了！不合你的意就說別人說謊，是怎樣？一定要我們都認為林恭正偷東西嗎？」暴牙妹也怒了，直接站起來，「你有沒有去看醫生啊？你幻覺很嚴重耶，有病就該吃藥！不要在學校發神經！」

「因為只有我看得到！」秦子祥也跟著站起來了，一個比一個大聲。

「好了！不要吵了！」黃千瑀已經對這現象厭煩至極。一個總是說自己有陰陽眼的學生，還有全然不信又加以駁斥的學生，這個班分成兩派，吵鬧事件總是層出不窮，沒有一天平靜。

暴牙妹冷哼一聲的坐回位子，秦子祥一臉倨傲不甘願的回座，導師有點無奈，也不想再在課堂上浪費時間。

「好了，不要再吵！中午午休你們幾個都到辦公室來找我。」導師一一點名：「林恭正、秦子祥、游雁然。」

游雁然不情願的抬頭看向導師，「都說是我送的，老師想談什麼？」

這豈不是多此一舉嗎？

「總是要釐清真相吧？」講台正前方傳來看好戲的聲音，「既然大哥說看見了，那他就一定看見了——」

「上課！」導師不給那男孩說話的機會，即刻打斷。「提醒大家，這週末就是校慶了，我們咖啡屋的細節佈置要快喔！」

游雁然不悅的瞪向第一排的男生，奇異果，瘦小乾癟，還沒發育的模樣，他完全是秦子祥的忠實信徒，說話更沒可信度了。

據說秦子祥曾準確說出他奶奶生前的模樣，並告知他奶奶一直守在他身邊，此後奇異果對秦子祥是深信不疑。

導師開始上課，台下的學生們開始大傳紙條，不是在說這件荒唐的事、就是在寫游雁然喜歡林恭正的傳言，不管哪個，林恭正都知道永無寧日了。

右手邊桌角默默推來一張紙條，他悄悄瞥向隔壁那連側臉都好看的女生，趕緊把紙條握在掌心裡。

悄悄打開，是游雁然娟秀的字跡：「不必擔心。」

他很喜歡游雁然，但是他既膽小又沒用，根本不敢承認，而且她應該只是因為同學的緣故吧？早上收到耳機時他真的是喜出望外，沒有想到她居然記得他提過想要一副好耳機，雖然買不得哀鳳，但至少能有付耳機也好。

說他虛榮也無所謂，班上好多人拿哀鳳，他也想要啊，但是爸媽覺得國中生沒必要拿這麼好的手機，所以就給他一支陽春機了，害他還被同學取笑！反正手機也不是那麼常用得到，他愛聽音樂，於是退而求其次，要條哀鳳耳機總行了吧？

結果爸媽在大創買耳機給他，還一口氣買兩條……

所以他們不會知道，早上他從抽屜裡拿出禮盒時有多錯愕，打開來後欣喜若狂，迫不及待的拿起來使用，可是連謝謝都來不及說，秦子祥又出手了。

這不是他們第一次找他麻煩，已經好幾個月了，原本以為放完寒假一切就會結束，沒想到狀況根本變本加厲。

現在連「小偷」的罪名都要冠上了。

好煩好煩！為什麼要這樣！

背後突然有人戳了戳他，林恭正立即回頭，後面有人傳紙條過來。

默默打開，他立刻倒抽一口氣。

帶著驚恐的眼神猛然回頭向後看，秦子祥皺起雙眉，用一種嚴肅又悲傷的眼神望著他。

緩緩的點了點頭。

「小偷，借過。」奇異果站在林恭正身後，不耐煩的唸著。

林恭正只是擰著眉默默退回位子上，收拾著書包。

「奇異果，你憑什麼叫他小偷？」游雁然不高興的喊著，「你們真的很……很超過耶！就這樣冠人以罪！」

「我只信秦子祥。」奇異果飄過去，揹著書包往秦子祥身邊靠。

中午的會談結束後，不僅僅跟導師談話，導師還安排了輔導老師試圖解決班上的紛爭；而結局是導師已經證實了耳機的確是游雁然所送，可秦子祥卻沒有因此放過林恭正，反而變本加厲的到處去宣傳班上有小偷一事，而且上學期短缺的一百元班費又被揭到檯面上來說。

「好了，沒關係。」林恭正幽幽的阻止她，「我沒事的，他們就是……故意針對我。」

「我不要！好端端的禮物為什麼變成贓物？」游雁然一點都不以為然，「他們在FB寫、在LINE群組寫，還在樓下穿堂公佈欄上寫，太過分了！」

林恭正笑得很勉強，事實上從導師那邊回來後，他的表情就一直很糟、因為導師或輔導老師的談話是各自單獨，沒有人知道究竟談了些什麼，但是一整天他的表情都不對勁。

「我真的沒事，妳越去阻止，他們越會鬧。」林恭正溫聲說著，「好了，妳不是要去補習嗎？趕快去吧！」

游雁然皺眉，「你怪怪的。」

「沒、沒有啊！」他一臉惶恐，不會說謊。

「發生什麼事了吧？」游雁然有點緊張，「導師說了什麼，還是秦子祥他們又——」

「沒事！」林恭正趕緊搖頭，「真的沒事、真的——妳不要再管我了！」

後面這句，他是吼出來的。

游雁然愣住，班上其他未走的同學紛紛看過來，唷，小倆口吵架了嗎？可是現在看起來像是游雁然纏著林恭正，但人家叫她滾啊！

這狀況讓游雁然羞窘極了，她咬唇回身抓過書包，二話不說就衝了出去！

坐在前門邊的暴牙妹從頭到尾都看見了，簡直瞠目結舌，沒想到林恭正居然用那種態度對雁然？拜託，人家對他還不夠好嗎？

「你會不會太過分啊？」暴牙妹站了起來，「這樣吼雁然？」

「我只是不想讓她再管我！」林恭正把桌上的東西都掃進書包裡，「她越管，他就越會、越會……」

「要不是朋友誰要管你啊？她因為你也被指指點點一天了，稍微有點良心好嗎？」暴牙妹有話就是藏不住，不說出來對不起自己。

「我也因為她被弄成這樣啊！」林恭正驀地吼了起來，「全校現在都在看我、今天一整天多少人整我，就因為他們覺得游雁然喜歡我！送我這條耳機卻被當成小偷——」

「明明就不是偷的，你幹嘛自己也醬子講啊？」暴牙妹的分貝向來比誰都大。

林恭正沒有再說什麼，抓了書包也跟著往外衝。

「林恭正！喂！你要跟游雁然道歉！」暴牙妹還在後頭吼。

搞什麼啊……大家也太閒了吧？她斜眼瞪向秦子祥的位子，他身邊圍了那幾個人，正帶著笑看向這邊，像是在觀賞一齣好戲似的。

「欺負人很有趣嗎？」暴牙妹隻手扠腰，不客氣的迎向秦子祥，「霸凌人並不會使你比較高尚！」

「我本來就很高尚，不需要任何行動證明什麼。」秦子祥說得自然，「我只是點出事實的癥結點，用我雪亮的眼睛看清真相。」

「那麻煩看一下你是不是腦殘？」暴牙妹翻了個白眼，「陰陽眼咧、天眼通咧、我還讀心術……要不要讀一下我現在在想什麼？還是我身邊有些什麼東西？」

秦子祥的笑容斂起，不想跟瘋女人多談，暴牙妹不是太好惹的傢伙，什麼都是直接的來去，是個不好掌控的人。

長得這麼醜又暴牙，說起話來倒是比誰都大聲，凶悍得要命，沒這麼多時間跟她耗……他們還有更重要的事。

「走吧。」秦子祥邊說邊起身，大松、邱彥菱及奇異果都緊緊跟隨。

他們依序走出教室，附近的人不免多看兩眼，學校裡應該很少人不知道秦子祥，有人說他是大放厥詞的神經病，也有人覺得寧可信其有。

「老大，你怎麼知道林恭正會聽我們的？」走下樓梯時，奇異果忍不住問了。

秦子祥笑得一臉得意，身後的邱彥菱及大松不免互看了一眼，「你們中午見到面說了什麼嗎？我看他回來後也沒有再一直反駁或是生氣，變得很安靜。」

「有點無趣了呢！」邱彥菱覺得可惜，她挺喜歡看大家惱羞成怒的模樣。

「這就是天機了。」秦子祥高傲的昂起頭，「事實勝於雄辯，我只是告訴林恭正他看不見的事情罷了。」

大松有點遲疑，「所以說，他真的偷了耳機？」

秦子祥沒吭聲，逕自走下一樓，口袋裡的手機響了起來，瞥了一眼，劃上微笑，「喂。」

『你能保證嗎？』電話那頭是林恭正的聲音，只是背景有點吵。

「問這種問題就是羞辱我了，我哪有做不到的事？」秦子祥朗朗出聲，「只要你以後不要礙眼，我保證好好的處理。」

『嗯……』電話那頭靜靜的沉默，只聽見風聲呼嘯。

秦子祥跟同學們走出博學樓，他們還得穿過前棟的穿堂，再走完幾十公尺的大道，才能走出校門。

林恭正看著他們被夕陽拉長的身影，他正站在頂樓的女兒牆上，那窄小的牆垣只有他腳的一半大，該珍惜的耳道式耳機正戴著，卻聽著那冰冷驕傲的聲音。

這樣的日子，他其實受夠了！

每天恐懼來上學、擔心著今天會發生什麼事、想著該怎麼撐到放學，曾想過不要理睬他們，但這都是自欺欺人，因為他們就是會一腳踏入他的生活裡，逼你承受！

跟游雁然只是同學，或許有那麼一點點的喜歡，但是現在卻因為這「一點點的喜歡」，讓一切都變了調。

這付耳機讓他變成小偷、也把游雁然扯進這渾水裡。

輔導老師總說，現在他們覺得嚴重的大事，在未來十年後回頭看，只是微不足道的芝麻蒜事，根本不在話下，要他們不要介懷。

但是老師忘記了，不管多麼微不足道，是現在的他們無法想像的，這一切對他而言就是大事——他的生活每天每夜都過得好辛苦！

而現在……儘管一直以來都告訴自己秦子祥只是個說大話的騙子，可是當遇到了事情，腦海裡又出現另一個聲音：萬一他所言屬實那怎麼辦？

他既相信有鬼神，為什麼不能相信同學有陰陽眼？能驅鬼除魔？

『林恭正，你還在嗎？』秦子祥困惑的聲音傳來，『你在哪裡？風好大。』

他顫抖著往前移動身子，腳尖漸漸突出了短窄的牆頭，他不想要哭到天明，不想要再懼於上學，更不希望游雁然受到任何一絲一毫的傷害，而這是個一石二鳥的方法，只要他——

『別這樣認真，我騙你的。』

咦！林恭正倏地瞪大雙眼，「什麼？」

身子跟著一晃，他的右腳已經踏出踩空，重心再難挽回，下一秒只感覺自己往下掉——

『我說，那是騙你的，所以你根本不必擔心……』

砰！

巨響在校園裡迴音震盪，正在講電話的秦子祥差點滑掉手機，他們一臉錯愕的回首，這聲音聽起來多麼駭人，彷彿傳進了每個人心裡。

「嚇死人了，什麼聲音啊！」邱彥菱驚魂未定的撫著胸口，「那是……那是什麼……」

他們都還沒到穿堂咧，回首遠遠地還能看見躺在地上的……

「呀——」尖叫聲立刻衝破雲霄，「有人跳樓了！」

「跳樓……誰啊……」大松好奇的往前走去，事實上大家幾乎都禁不起好奇心，又害怕又想知道的往博學樓前那塊地走去。

只有秦子祥怔然站在原地，不會吧……剛剛那聲音差點把他耳朵震聾，如此的近，近到彷彿是——

「林恭正，你還在嗎？」

仔細看著手機顯示，對方早已斷線，就在剛剛那聲巨響的同時，他的確聽見了通話切斷的聲響。

「通通讓開！不要靠近！」一樓的老師們率先衝出，不許學生靠近，「後退……後退！」

「快點報警！這是哪一班的！」

邱彥菱攀著大松好奇的從圍觀人群往裡頭看，看見倒在血泊中的身軀，沒人敢往臉上看去，尤其這個跳樓的人是臉部朝下的趴在地上，四肢都已經扭曲得不成人形，看來骨頭該是碎了……

「咦？」奇異果當下愣住了，「不、不會吧——」

他嚇得回身朝秦子祥這兒跑來，邊跑邊招手，快點來啊！快來啊——秦子祥不明所以的趨前，內心忐忑不已。

「怎麼了？」他嚴肅的問著，

「好像是他啊！」奇異果揪著他的袖子，往大松跟邱彥菱中間塞，「你看那支手機還有耳機線……」

雜牌手機仍舊緊緊握在學生的掌心裡，上頭插著一條該是雪白，現卻已被鮮血染紅的耳機線，一路蜿蜒向上，彷彿還埋在學生的耳朵裡。

一個男老師大膽的扳動身軀，為的是瞧見外套上繡著的名字，這舉動讓看熱鬧的人們紛紛走避，誰都不想看到那嚇人的畫面啊！

「是……」男老師愣了幾秒，抬首立刻梭巡學生，視線馬上落在大松身上，「你！去找你們導師，是你們班的林恭正！」

林恭正！

秦子祥詫異的望著手裡的手機，林恭正剛剛在跟他講電話時……跳樓了？

「林恭正？」他不可思議的逸出聲，怎麼會！

『沙沙……』手機那頭突然傳來聲響。『我在。』

第二章

林恭正在學校跳樓一事引起了軒然大波，不過也僅限於學校，現在跳樓的事件已經不足為奇，新聞價值極低，派來的記者頂著張臭臉，彷彿應該派給他們更具價值的新聞才是。

草草記錄了事件經過、拍攝幾張照片後，很快地就散開了。

只不過，隔天一早游雁然坐在家中吃早餐看晨間新聞時，卻聽見了讓她瞠目結舌的標題：「國中生因父母不願買哀鳳，憤而跳樓」。

「妳看見了嗎？」

一擠進車廂，就看見每天相約上學的暴牙妹，游雁然好不容易擠到她身邊，心急的問。

「看見了，每一台新聞都是這樣寫。」暴牙妹舉著手機，翻轉給她看，「還有訪問導師，導師還說林恭正家教甚嚴，父母的確不太提供非必要的奢侈品！」

「搞得好像他爸媽的錯……」游雁然緊皺起眉，「問題是，他不可能為這種事自殺啊！」

暴牙妹默默的望著手機，「我也不知道為什麼新聞會這樣報，昨天放學時他神情很怪啊！」

游雁然痛苦的閉上雙眼，她們都知道林恭正的自殺不單純，就算真的是自殺，也絕對不是因為什麼哀鳳這種愚蠢的原因。

她不懂，這個自殺理由究竟是怎麼來的？

學校離捷運站三分鐘距離，出站的學子甚多，可以聽見大家全都在討論昨天下午的自殺事件，而且掛在嘴邊的幾乎都是：「為了一支手機自殺，也太蠢了吧？」

「林恭正爸媽看到這新聞不會抓狂嗎？」暴牙妹喃喃說著，「我看記者也追到他們家樓下去了，但是沒有採訪到他們的樣子。」

「變態，人家孩子都死了還爭著要採訪。」游雁然打從心底的反感，「還是想要質問他爸媽，為什麼不買哀鳳給他？」

匆匆步伐正準備走進校門，卻看見厭惡的身影從另一邊迎面而來，游雁然跟暴牙妹不約而同的板起臉孔，瞪著迎面走來的秦子祥。

「幹嘛一大早就吹鬍子瞪眼的？」他皮笑肉不笑的說著，「在為無緣的小男友哀悼嗎？」

「是你對吧？」游雁然倒也乾脆，「我怎麼想都只有你，是你逼他自殺的。」

「游雁然，有點文學常識好嗎？」秦子祥冷笑著別過頭，「自殺，是自己殺自己，跟誰逼有什關係？」

「你我心知肚明，班上大家都知道！」游雁然忿忿的拉著暴牙妹往學校裡走去，「真佩

服你良心過得去！」

「又不是我的錯！」秦子祥扯開嗓門大喊著，「他是自己跳下來的！」

是，他沒想到他會跳下來。

自殺是自己的選擇，他從頭到尾都沒唆使他，只是叫林恭正以後安分一點，不要礙眼不要礙事，乖乖的聽他的話就好，否則——這個「否則」也只是唬他的而已啊！

他昨晚想了一夜，難道林恭正是因為這個胡謅的理由，選擇了激烈的手段？

擰著眉也轉進校園裡，後頭傳來興奮的叫喚聲，小個子的奇異果邊喊著「大哥大哥」一邊追上，大松就在他後頭，一步是他的兩步，朗聲道早。

「大哥，你有看新聞嗎？」奇異果調整著書包，「那個林恭正的……」

「看了，還滿出人意料的。」秦子祥喃喃的應著，勾過奇異果的肩頭就往裡頭走去。

「超沒用的，因為一支手機？」大松嗤之以鼻的哼了聲，「連自殺的勇氣都有了，還有什麼過不去的啊？」

秦子祥幽幽的瞥了大松一眼，「好了，等等進教室別多話。」

「大哥，那個……」奇異果很小心的望著秦子祥，「你、你有看到他嗎？」

秦子祥頓時止了步，擰著眉望向奇異果，但是他沒有正面回答，只是搓搓他的亂髮，繼續直行，他們得穿過第一排大樓的穿堂到後棟去。

望著一票莘莘學子的身影，女人倚著車門，隻手端著咖啡，黝黑的墨鏡、姣好的身材再加上那種悠哉姿態，莫不引得路過的學生們側目；她倒是大方的就靠在車前蓋上吃她的早餐，她是提早到了，不過現在也已經到了約定時間，「學姐」人還不知道在哪兒咧。

嚴格說起來不算同事，她是志工，林蔚珊是早她好幾年進入兒福機構的人員，一開始因緣際會之下自然由學姐帶領協助，接著這組合就莫名其妙的訂下，只要有相關事件需要人手、她又剛好有空，就會來支援學姐。

想想應該是沒幾個人想跟她搭檔吧？只好委屈了善良和善的學姐。

停車場就在一進校門的右手邊，其實並不那麼顯眼，只是她前頭的教師用車子還沒滿，所以一身橘色的她才會被如此側目；不過她無所謂，她已經習慣被注目了。

咦？校門那兒突然又駛來了車子，這次進來的是警車。

從擋風玻璃就看見了車子裡的警察，她忍不住笑著搖頭，主動走到自個兒的車子前方，讓出位置來好讓他們停車，這兒可都是訪客車位。

「妳怎麼在這裡？」警車都還沒停進去，副駕駛座的車窗已降下，來人理著極短平頭，酷帥墨鏡架在臉上，都還能嗅得到他不滿的氣息。

「早安？」她沒好氣的唸著，「這是看到熟人的態度嗎？」

「這是看到麻煩的態度。」他忍不住做了個深呼吸，不知道從什麼時候開始，凡案件遇

上「葛宇彤」，通常都沒什麼好事。

讓駕駛先停好車子，幾乎一停下他便下了車。

「什麼麻煩？製造麻煩的又不是我？」她挑了眉，「我還幫忙破了不少案子吧？」

「最好。」男人高大精壯，身上有著結實的肌肉在襯衫下若隱若現，「妳來這邊為了跳樓自殺案嗎？」

「嗯，國中生還在兒福範圍。」她點點頭，又喝了口咖啡。「不過林蔚珊還沒到，她是正職我是志工，得等她一起。」

「這件案子有什麼問題嗎？」他倒嚴肅，立刻板起臉來。

葛宇彤頓了一頓，倒也直起身子，略靠近了他，「有問題嗎？」

卓璟瑢一怔，忙後退幾十公分打量，「是我在問妳，妳反問我幹嘛？」

「我哪知道？你問得莫名其妙，像這件事不單純似的？」她嘖了一聲，幹嘛一臉驚弓之鳥啦！

「沒有問題妳會來？」他又皺眉又嘆氣的，「上次好端端的妳也介入什麼失蹤案……」

「那是正常的探訪好嗎？在寄養家庭的小孩不見，我們本來就該去探視啊！」葛宇彤說得義正詞嚴，「有問題是別人好嗎？是我們冰雪聰明剛好發現！」

「最好。」卓璟瑢不以為然，回頭留意到員警已停好車子，「我們要先去處理這個案子，妳……妳們有發現什麼記得互通有無——但妳要相信我不是很想知道。」

葛宇彤舉起咖啡杯示意瞭解了，她跟林蔚珊只是來瞭解這個自殺孩子的心理狀態及為什麼，既然是自殺，應該不會有太多問題啊？

不過普通的自殺案件，怎麼會動用到刺毛咧？他不是刑警嗎？這種案子基層去處理就行了啊！

「葛、葛宇彤！」叫喚聲終於傳來，葛宇彤往校門口那兒看去，瞧見上氣不接下氣的女孩疾走而來。

「慢慢慢，妳怎麼喘成這樣？」她跟著一愣，「啊妳的車呢？」

「維修！」林蔚珊的確很喘，「我、我搭捷運來的，沒想到這麼多人，所以遲到了，對不起！」

「沒遲多久，我樂得在陽光下吃早餐。」她揉掉麵包的包裝袋，「妳緩緩氣吧，刺毛剛進去，大家為同一件事來，倒也不急。」

「咦？卓警官？」林蔚珊不免錯愕，「這不是自殺案件嗎？」

他平常不管這種案子的啊！

看吧，天真單純的林蔚珊都覺得怪怪的了，一般而言自殺案件是絕對看不見他的身影的。

林蔚珊困惑的從包包裡拿出礦泉水，她服務於兒福機構，清秀和婉，天真善良，對人非常溫柔親切，尤其是孩子；一直以來都在為兒童福祉努力，不管是承受暴力的、或是孤兒，都在她大愛的範圍。

至於她呢，正職在身，只有空擔任志工，自認沒有林蔚珊這麼大愛，但的確也希望盡最大的能力，幫助社會上許多可憐無助的孩子們。

昨天的跳樓事件，他們是要來理解自殺的真正原因——因為有人投訴，新聞裡所說的自殺原因是假的！

警方直接進了訓導處，接著再被請進會議室，等等導師跟主任們都會到場，林蔚珊她們也跟著搭便車，一塊兒進入。

偌大的會議室氣氛凝重，首先被叫來商談的便是輔導老師，林恭正自殺當日接受過約談，導師跟輔導老師的壓力尤為沉重。

她們仔細詳述了當天的事情，從一條耳機線開始。

「陰陽眼？」這三個字，居然是三個人異口同聲喊出來的。

分別是卓璟璿、還有坐在正對面的兩個兒福機構的成員，三個人都驚訝的直起背脊，有些激動，反而讓坐在最前頭的老師們有點錯愕。

「是、是……」導師很遲疑的說著，「秦子祥從入學以來就一直強調自己有這個能力，也常到處嚇人……我拿這孩子沒辦法，因為他很堅持他有。」

卓璟璿默默瞥向葛宇彤，是有啊，現場至少就有一位。

「你說他嚇人……是怎麼個嚇法？」葛宇彤重新靠上椅背，「指著同學說你背後有什麼這種嗎？」

「對對！」黃千瑀連忙點頭，「不只是學生，很多老師們也都被指過。」

是嗎？真的有陰陽眼的人應該不會過分高調啊！尤其平常萬一不幸瞧見，她巴不得那亡靈不要知道咧，哪有可能昭告天下？這不擺明了告訴亡者：哈囉，我看得到你喔，你有事儘管來找我談！

這樣不被附近所有的浮遊靈煩死才怪！

葛宇彤托著腮，她也不算是陰陽眼啦，就是天生有點倒楣，前世的靈魂好像有點威，搞得這一世也有點小力量，幸好不是動不動就瞧得見鬼魅，偶爾而已，但她也不會拿這到處嚷嚷。

國中生比較氣盛嗎？拿這種事當炫耀？可感覺有點蠢啊。

「那真的是嗎？」林蔚珊問了個傻問題。

「呃……這個……」黃千瑀果然面有難色，「我們也不是很清楚。」

他們自己看不見啊，而且也不一定想看見。

「所以這位陰陽眼大師瞧見了耳機線是偷來的？」葛宇彤淺淺笑著，「這還滿厲害的，我不知道陰陽眼可以看出偷竊這件事。」

「他說……什麼失主的悲傷與氣憤都附在上面，是生靈！」輔導老師重複秦子祥的說法，「這讓他一口咬定耳機線是偷來的。」

「但不是有同學說是她送的？為什麼他還敢繼續咬死？」林蔚珊對昨天發生的事不甚理解。

「這就是我說拿他沒轍的主因，不管送禮的人怎麼說，秦子祥就是認定那條手機線是偷的，而且說送禮者是在包庇林恭正！」黃千瑀沉重的皺眉，「他只說自己的，只聽自己想聽的，旁人怎麼說都沒用……所以即使商談過，回到教室他繼續指著林恭正罵小偷，還讓人到穿堂公佈欄貼上林恭正的姓名資料，在校方 FB 及 LINE 群組拚命宣傳，讓全校都知道我的班級有小偷。」

「太過分了吧？」林蔚珊立即發難，「這是公然侮辱了！學校沒做處置嗎？」

「這是什麼時代？怎麼處置？刪了立刻也會有人貼上，有人拍張照發到群組，下課十分鐘全校就都看得見了。」卓璟璿接口，「這樣說來，他也很有可能是因為這件事而自殺的。」

「等等等等！」教務主任突然開口，「這件事不是落幕了嗎？他是因為爸媽不買手機給他，所以賭氣的吧？」

葛宇彤瞇起眼，凝視著說得緊張口吃的教務主任，「落幕？什麼時候的事？」

「呃，不是……那個我們問起來就是這樣啊！」教務主任尷尬的說著，卻完全不敢直視她的眼睛，「他父母也承認了，這兩天的確因為手機有點不愉快，沒料到他居然會因此跳樓……」

「主任，昨天才發生這樣的事情，你要我們相信一個國中生只為了一支手機自殺？這未免太扯了！」葛宇彤勾起嘴角，「要我說，你們想隱瞞什麼喔！」

「隱……我們哪有要隱瞞什麼！事情就是這樣啊！」教務主任連忙拍拍導師，「你們問昨天發生的事情一點意義都沒有，林恭正的家長都沒說什麼了，我就不懂為什麼你們今天來……」

啪！對桌一陣擊桌，嚇了大家一跳，連帶讓主任噤聲，擊桌者自然是卓璟璿，他聽得有些厭煩。

「法醫已經判定林恭正是自殺了，我們是來處理自殺案的後續，至於校園其他事項……」他看向葛宇彤，「就不在我們今天的目的中。」

言下之意，是要她們先別打岔嗎？葛宇彤傾身原本想再說些什麼，林蔚珊趕緊扯扯她，卓警官說得沒錯啊，她們本該要分開談的。

「好，分開。」葛宇彤乾脆的一骨碌起身，「主任，我要跟昨天事件有關的同學聊聊！」

「啊？還要聊什麼啊？」教務主任一臉不耐煩，巴不得事情快點結束。

「雖然林恭正的父母似乎認同了記者的寫法，但是……」林蔚珊緩緩站起，不疾不徐，「他的阿嬤表示，他孫子絕對不可能因為這種原因自殺，懷疑學校包庇袒護霸凌的學生，這點我們必須瞭解一下。」

導師黃千瑀當場倒抽一口氣，「霸、霸凌……」

葛宇彤高跟鞋噠噠作響，每一步都踩得很大聲，在會議室裡傳著迴音，俐落的拉開門，帥氣走出去；臨走前不忘瞥了卓璟瑨一眼，他無奈的蹙眉，看吧看吧，他早說見到她就是麻煩的開始！

莫名其妙跑出一個阿嬤來是怎麼樣？

第六節下課，暴牙妹一踏進教室，所有同學目光立即移到她身上。

她表情有點凝重，不發一語的緩緩坐下。

「怎麼樣了？暴牙妹？」同學忍不住發問，聽說今天有人來調查，她也被叫去問了。

「就跟雁然說的一樣啊，問我昨天的事。」暴牙妹轉過頭，「他們不信新聞寫的標題，什麼為了手機，我們都知道是因為你！秦子祥！」

秦子祥正在看小說，連頭都懶得抬，「我怎樣？我推他了？把他扔下去？」

「是你逼他的，每天都找他麻煩，昨天還誣衊他是小偷。」游雁然忿忿的回首，「這樣害死一個同學，你都不會良心不安嗎？」

「為什麼會？」秦子祥放下小說，「我沒有誣衊他，是他自己作賊心虛，偷竊的事東窗事發，所以他才無地自容的選擇自殺。」

「你到底要我說幾次？」游雁然忍無可忍的站起身，「那耳機線是我送他的！」

哼，秦子祥從鼻孔裡哼氣，再度拿起小說觀看。

「我真希望你最好有陰陽眼！」暴牙妹忙不迭來到游雁然身邊，安慰著她，「可以看見林恭正如何的憤怒，我多希望他晚上去找你！」

「我？」秦子祥冷冷一笑，「真的來了我怎麼會怕他？」

「哇，老大，你不只看得見，還會驅鬼喔！」第一排的奇異果瞬間轉身，報以極度崇拜的眼神。

「我……」秦子祥沒有正面回答，只是微微一笑再度看向暴牙妹，「我不會怕他的，不過就是鬼嘛，哪天看不見？」

「欸，現在呢？」前頭的邱彥菱轉過來，「昨天之後……你有看見他嗎？」

「噫——」全班發出驚呼聲，「邱彥菱，妳問那什麼爛問題啦！」

沒有人想知道好嗎？

「既然秦子祥是陰陽眼，說不定……」邱彥菱邊說，自己也開始感到毛毛的。

所有人居然抱持一種既期待又怕受傷害的眼神望向秦子祥，只見他沉吟了幾秒，突然站起身，這又嚇得幾個人低聲尖叫，他緩緩的轉動身子，環顧四周，像是在看教室裡哪個角落裡，存在著他們三天前逝去的同學。

那眼神緩慢移動，每個同學都嚇得避開，巴不得他看快一點，視線千萬不要停留在自己附近！

終於，他轉了一圈，面對了斜前方兩點鐘方向的暴牙妹。

「他在妳身邊。」這五字說得不慍不火，連點聲調起伏都沒有，卻讓暴牙妹身邊的所有學生驚恐的跳起。

一時間桌椅推動的聲音此起彼落，以暴牙妹為中心，人人驚惶的退開，還有人忍不住逃得更遠，因為秦子祥說「那個」在她身邊，沒說哪邊啊！

暴牙妹也忍不住帶著點恐懼，下意識的回身望著空氣，緊張的絞著衣角，聽他在亂蓋！

「隨你怎麼說，我也可以講啊！」暴牙妹一回首指向秦子祥，「他其實站在你旁邊吧？用憤恨的眼神瞪著你，因為他的自殺跟你脫不了關係！」

「我才是看得見的那個人，誰信妳啊！」秦子祥搖了搖頭，「他看起來很生氣，似乎是不喜歡妳的態度……不喜歡妳否定他的存在，」

「我才不信你的鬼話咧！」暴牙妹餘音未落，她的桌子卻突然移動了！

「哇呀！」桌子的拖曳聲引來驚恐，尤其那張桌子很明顯的往走道上拖啊！

連暴牙妹自己都嚇一跳的往反方向移動，她回身看著剛剛就在原地的桌子，她附近根本沒有其他同學，自己也沒有碰到桌子，為什麼會說動就動！

難道……

「天哪！林恭正真的在這裡！」有同學開始尖叫了，「叫他走開！秦子祥！他、他待在班上做什麼！」

「他為什麼自殺，問得出來嗎？」大松第一時間想到的是這個。

「天哪！」主動提起這話題的邱彥菱，很毛的拉著椅子退到秦子祥身邊，「他不會過來吧？秦子祥！」

秦子祥不發一語，看著整個班上的驚恐，暴牙妹傻站著不知所措，她會怕、但她不解，而且更不想要很俗辣的逃跑，讓秦子祥得意！

「暴牙妹。」游雁然就坐在她隔壁排較後方的位子，緩緩起身，朝暴牙妹伸出手，「妳要不要過來？」

「我……我跟林恭正又沒過節，我不怕！」就算每個字都在發抖，她就是愛逞強，「而且我說過，我不信秦子祥的胡說八道！」

咿——這一次，她原本已經被推到走道上的桌子再次移動，撞到了左邊第二排的桌子了！

「呀——」女孩子分貝高，尖叫聲響亮，就算不是在暴牙妹附近的同學也沒人敢待在位子上了，大家分別向講台或後面聚集，而靠近秦子祥周邊的人，完全以他為中心靠攏過去。

暴牙妹愣住了，轉過身看著自己桌子撞到隔壁排，這次真的不會是錯覺，百分之百沒人啊！

「又在吵什麼！」導師急匆匆的自後門奔入，「你們沒有一刻能稍微安靜嗎？現在事情已經夠亂了，你們還……全部回去坐好！」

「老師！有、有那個！」就近的學生慌張的衝上前拉住黃千瑀，「那個在教室裡！」

「那個？」黃千瑀不明所以，可是卻能感受得到眼前的學生在發抖，「你！抖得這麼厲害？」

「嗚，老師，那個……林恭正在教室裡！」一窩學生突然哭了起來，「好可怕！就在暴牙妹旁邊！」

林恭正在教室裡！

這句話說得黃千瑀差點站不住腳，她立刻看向第一排第一個座位的女孩，暴牙妹直挺挺的站著，但是臉色並不好看，緊繃著身體，雙手都揪著裙角。

其餘學生不是擠在講台就是躲在後面，如數往左邊靠，右邊這塊簡直是淨空了。

「誰在教室裡？你們怎麼知道？」高跟鞋聲穩健的踏入教室，葛宇彤高調登場，「造遙引起恐慌，可不是什麼好事喔！」

她大方的自學生間走進，一路直抵寬廣的空間，甚至朝著暴牙妹走去。

「秦子祥看見的，他、他有陰陽眼啊！」有人哽咽喊著。

「老大看得可清楚了，林恭正還沒離開！」奇異果倒是很興奮，「老大，他現在還在暴牙妹旁邊嗎？」

秦子祥用力的點頭，「瞪著她呢！」

「噫……」學生們害怕的縮起身子，慌張得不能自已。

「好……好了！不要鬧！」黃千瑀大喊著，「回到自己座位上，那都不是真的！秦子祥！」

「誰說不是真的？」邱彥菱也起了身，「世界上不乏陰陽眼的人，憑什麼就認定秦子祥是假的！」

「就算是真的，你也不該拿出來嚇人！」黃千瑀心裡其實也很驚慌，但是她是導師啊！

「上課鐘已經響了，你們現在這樣怎麼辦！」

她焦躁的走到講台上去，學生們也不敢回座位，只繼續窩在講台上，擠得更密集了。

「老師，我們不敢啊，誰知道林恭正會對我們怎麼樣！」班長發難，「他剛剛超粗魯的把暴牙妹的桌子推開耶！」

「對啊，兩次！還兩次！」女孩子都泣不成聲了。

暴牙妹抿著唇暗暗做著深呼吸，突然伸長手把自己的桌子唰地給拉回來，這聲響再度引起同學們的精神緊繃，她膽子也太大了吧！

「我跟林恭正就算不是好朋友也沒有過節，我也沒欺負過他，他沒理由遷怒於我！」暴牙妹居然就這麼坐了下來，「休想嚇我！」

「那是——」秦子祥揚聲想繼續說話，葛宇彤卻噠噠的朝暴牙妹身邊走去。

「說得真好，同學嘛，說不定只是跳樓自殺後捨不得離開。」她幽幽的掃視著所有學生，「你們都欺負過林恭正嗎？還是對他做了什麼？怎麼這麼害怕一起聽課的同學？」

有人抿唇別過頭，有人顧著哭泣，也有人搖頭嚷著事情不是這樣說，那是鬼啊！

「平生不做虧心事，半夜不怕鬼敲門。」林蔚珊不知道何時也進了教室後門，突然的出聲反而驚嚇一眾學生。「我們是兒福機構的人，來調查是否有人霸凌林恭正導致他的自殺……所以現在大家是心虛囉？」

「我們才沒有咧！我們只是……就是怕嘛！」

「秦子祥，你能不能跟他溝通？」邱彥菱提出了建議，「請他不要傷害我們，或是先、先離開之類的？」

嗯……秦子祥一臉猶豫的高傲姿態，緊接著好幾個同學開始央求他了，這邊一聲拜託、那邊一句求求你，他聽著這些懇求的聲音，心情卻莫名其妙的好。

他早就說過自己有能力，這些平常瞧不起他的人，在緊要關頭才知道他的重要性啊！

葛宇彤隻手搭上暴牙妹的肩頭，斜看著站在那兒一臉得意的秦子祥，他好不容易才勉強點頭。

「林恭正。」秦子祥對著暴牙妹的方向說著，「你嚇到大家了，可以先離開一下嗎？」

教室裡頓時鴉雀無聲，靜得連一根針掉下的聲音都聽得見，哭泣的人掩嘴把聲音藏進了掌心裡，忍著哭泣的男生連呼吸都不敢。

終於得到秦子祥一聲輕嘆，「好了。」

「呼～」三十幾人同時鬆一口氣的聲音也是不小。

「好了！快回座位！」黃千瑀雙手緊扣著講桌邊緣，掐得死緊的姿態看得出來她其實也很害怕，「秦子祥，假設你真的有陰陽眼，你不能不要製造騷動嗎？」

「我只是說出實話。」他勾起勝利的微笑，坐了下來。

「老大就是看得見，說不定剛剛林恭正還想對死暴牙不利呢！」奇異果跟著幫腔。

林蔚珊走到教室後方正中央，與黃千瑀面對面，以眼神示意有要事要做。

她們到班上是因為約談了游雁然跟暴牙妹後，覺得要問所有學生比較準確，還可以觀察每個學生的反應，有時候因派別不同，還能問出額外的消息。

「那個……這兩位是兒福機構的志工，後面這位是林小姐，橘色衣服的是葛小姐。」黃千瑀朝林蔚珊頷了首，「她們要來詢問大家關於林恭正的事。」

「有什麼好問的啊？」大松不耐煩的別過頭，「都死了問這麼多有什麼幫助？」

「要知道他是怎麼死的，他不是因為沒有手機所以自殺的吧？昨天在教室裡發生的事每個人應該都清楚。」林蔚珊溫婉的說著，「我想知道，你們認為他是因為被欺負而自殺的，請舉手。」

一時之間，教室裡人人眼神飄移，或許十分鐘前林蔚珊這樣問，有些人會毫不猶豫的舉起手，但現在就不同了。

跟林恭正有過節的是秦子祥，但是他卻可以幫助大家……跟林恭正溝通。

游雁然緩緩的舉起手，接著是暴牙妹，雖然她們猶豫了幾秒，但最終還是選擇面對事實；因著兩隻手高舉，其他人也得到了勇氣，陸續的舉起手。

「新聞不是說了他是為手機自殺的嗎？為什麼突然查什麼？」邱彥菱不滿的問，「老師妳自己也這樣說，昨天不是接受訪問了？」

「我……」黃千瑀有點難為情，那是教務主任叫她說的，她也只是「聽說好像是這麼回事」。

「老師，妳這樣不行喔！」秦子祥懶洋洋的托著腮，「前後不一的說詞，會讓林恭正不爽的！」

咦？黃千瑀一怔，「你什麼意思？這是在嚇我嗎？」

啪噠啪噠！說時遲那時快，黑板上所有的板擦居然同時掉下來了！

「呀——」第一排的學生同時都跳了起來，才歷經過驚嚇的他們，此時又一擊，簡直是要教人心崩潰啊！

黃千瑀怔住了，她嚥了口口水回頭望去，板擦真的悉數落在地上，她腦袋一片空白，講台上除了她之外，不該有別人。

下一秒，就近的板擦倏地自地上主動彈起，迎面襲向她的臉！

「哇！」紅色的板擦撞上黃千瑀臉龐，教室裡尖叫聲響徹雲霄。

「呀——有鬼！有鬼啊！」學生們驚恐的集體向外逃，連站都站不穩，又撞桌子又跌倒的，爭先恐後的要從後門逃出去。

連大松他們都嚇得跳起，一隻手就把秦子祥給拉起來。

他擰著眉說不急，望著抱頭蹲在講台下嘶聲尖叫的黃千瑀，默默的挑起一抹笑。

只有少數幾個學生還坐在位子上，不知道是傻了，還是覺得沒必要逃；後面的林蔚珊被衝來的學生擠出去，葛宇彤則定定的凝視著秦子祥。

她不懂，這個「陰陽眼」怎麼能如此從容？

那個頭破血流的男孩，明明從一開始就站在他的身邊，用盈滿恨意的眼神瞪著他啊！

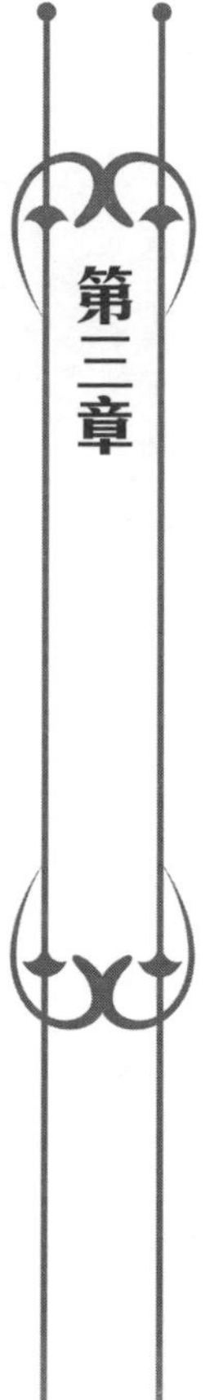

學校的工作結束後，便是親自到林恭正家一趟，小康家庭，家境中等，過得還算舒適，一家三口住在三十五坪的屋子裡，並不困窘；林蔚珊在客廳跟家人談話，葛宇彤趁機四處走走。

沒有感受到任何不對勁或是陰邪的氣息，這屋子風水很好，到哪兒都明亮通徹。

似乎，這裡不是林恭正留戀之地。

「我們也不知道為什麼會這樣！」林太太難受的不停絞著雙手，「他們說恭正偷竊，為了不讓記者把這件事寫出來，我糊裡糊塗就答應了！」

「答應什麼？那個跳樓的原因嗎？」林蔚珊有點驚訝，「林太太，妳這是……妳讓林恭正的動機變得太詭異了！」

「我知道啊！可是、可是他為什麼會自殺！我那天知道時根本沒辦法思考，上星期我們也的確吵過手機的事！」林太太看上去相當自責，「所以他們說是不是因為不買手機給他，所以他憤而跳樓時，我遲疑了一下，接著他們就說應該就是這樣，我、我真的不記得當時發生什麼事！」

林爸爸趕緊安撫著妻子，「我在場，我也覺得一陣混亂，我心底覺得恭正不會為這種小事想不開，但是又想到當初講到不買手機時，他情緒的確也很激烈，而後突然自殺，我根本摸不清那孩子在想什麼！」

「我來告訴你們怎麼回事吧！」葛宇彤踅了出來，朗聲道，「有人把自殺原因引導到手機上頭，因為林恭正的確跟你們吵過架，所以在不明白死者的心態下你們就會自責，認為孩子或許有可能是如此；記者跟校方對此無新聞價值的案子只想趕快交差，所以就慫恿你們往這方向去，我相信你們曾猶豫過，但是當校方把林恭正當日偷竊的事搬出來，你們就毫不猶豫的選擇了大家都希望的死因，為了取代作賊心虛這個動機！」

葛宇彤說話字字清晰，口條完整，一口氣講完連林蔚珊都想起立鼓掌了。

林太太望著走出的她，眼淚瞬間奪眶而出，「是、是！我的確是這麼想的！他們說恭正偷東西，如果寫上他因為偷東西被抓到而跳樓，他的名聲就毀了！」

兒子都死了，她不想讓兒子揹個偷竊的汙名啊！作賊心虛的心態自殺，這只是更令人瞧不起而已！

「我不相信恭正會偷東西，那孩子是倔了些、也或許不那麼聰明，也真的很想要手機，但他不是會做那種事的孩子！」林爸爸痛心疾首，「我不能接受他們對恭正下那種標題，他們只要在標題後打個問號就好了，但是誰會看見那個問號？大家就會認為我家兒子是小偷！」

一雙父母，莫名其妙失去唯一的兒子，相互擁著泣不成聲，林蔚珊抬頭看著走來的葛宇彤，實在於心不忍。

「妳怎麼知道？」

「別忘了我也是記者。」她不經意的說著，沙發上一雙父母猛然抬頭，「別急別急，我現在是志工，下班狀態，而且我不搶這種時事新聞的。」

含淚悲傷的父母狐疑的看著她，記者來當志工真的已經有點怪了，還不搶新聞？

「所以你們其實也不知道林恭正自殺的原因？」林蔚珊蹙起眉，「他有沒有跟你們提過學校的生活？或是跟其他同學的事？」

林太太搖了搖頭，「孩子上了國中後就很少跟我說事情了，我也不知道他在學校有哪些同學……不過我知道他不快樂。」

「有說話都是吵架，他想要東西，我們不給，總會吵起來。」林爸爸語調惆悵。「都是我不好，何必對他這麼嚴格，如果能再對他好一點，說不定他就不會——」

「先別把責任往自己身上攬。」葛宇彤打斷了他的自怨自艾，「說實在的，他自殺已經不太對了，讓父母難受已屬不該，你們別再責怪自己；再來，那天他在班上發生事情，心情

自然低落。」

葛宇彤頓了頓便轉向林蔚珊，她原本怔怔的回看葛宇彤，幾秒後才想到是換手的意思，要她交代事件跟疑似霸凌的現象，因為葛宇彤懶得講了！

噢，到底誰是學姐啊！

葛宇彤再度起身，在邊角的房門口瞧見了一絲隙縫。

「阿嬤？」她輕聲喊著，慢慢靠近。

門縫拉得更開些，是個六十餘歲的阿嬤，滿臉憂容的在門邊偷聽。

「不必躲起來啊，您是投訴者，應該要出來跟我們聊天！」葛宇彤笑開豔麗的笑容，動手拉阿嬤出來，「妳不敢出來嗎？他們有虐待妳？」

「沒沒沒！」阿嬤連忙搖手，「我想說不要打擾你們啦，就給它靜靜的聽就好了。」

「妳這麼關心妳孫子，都打電話來給我們了！我知道妳還打給很多記者，只是沒人理妳。」葛宇彤連忙把阿嬤牽出來，「妳是第一個覺得林恭正不是為手機自殺的人，怎麼可以不參與呢？」

「媽？」林太太錯愕的站了起來。「怎麼……什麼打電話？」

「是她打電話給我們機構，說林恭正絕對不是因為手機而自殺的。」林蔚珊起身向阿嬤微笑，「奶奶好，我叫林蔚珊。」

「我是外婆啦！」阿嬤有點不好意思。

「都是阿嬤啦！」葛宇彤笑著請阿嬤坐下，「阿嬤，妳為什麼知道林恭正不是為手機自殺的？」

「我喔……常聽見他在哭啦，晚上一個人悶在房間裡哭！」阿嬤嘆了口氣，「我問他是什麼事他也不會講，但我知道不是手機這麼簡單。」

「哭？」林太太顯得很驚訝，「我不知道……」

「他就在我隔壁啊，有時候會半夜還講電話，都是在說什麼誰故意找麻煩、或是他們針對我之類的。」阿嬤略顯無奈，「我知道這年紀的小孩就是比較麻煩一點，但是我沒想到……沒想到阿孫會這樣跳樓自殺！」

邊說，阿嬤也跟著哽咽起來，葛宇彤不擅長安慰人，趕緊起身叫林蔚珊過來救援。哭泣與電話，看來要叫刺毛詳查一下通聯紀錄了。

「霸凌的現象並不明顯，可以說是同學間的口角，雖然我們覺得那已經屬於霸凌的一部分了，而且是很可怕的精神霸凌。」林蔚珊對著茶几對面的雙親說著，「或許壓倒駱駝的最後一根稻草，就是被誣指為小偷的事件。」

「真的有人霸凌我兒子？是誰！他為什麼回來都不說！」林爸爸突然的義憤填膺。能說早就說了吧？就他們剛剛形容的情況，親子關係並不是很好啊！

「因為沒有打架、沒有傷，就是像這種排擠吧！」林蔚珊顯得很無力，「我必須說，如果都從精神上來談，很難定義霸凌，像今天我們問了班上同學，有人根本不知道林恭正發生過什麼事，言語霸凌的部分，大多數同學根本不在乎。」

事不關己，就沒有人會多留一份心。

「你們說的精神霸凌究竟是指什麼？」

「主要是有個同學，自稱有陰陽眼。」葛宇彤說起話來很沒勁，「之前會說有小鬼跟著林恭正，所以他才一直不順，昨天直接說看見林恭正的耳機線上有生靈，認定他是小偷。」

「陰陽眼？啊，是那個秦子祥對吧？」林太太居然準確的說出名字，「國中開學時他就說過了，我叫他少跟那傢伙在一起，胡說八道。」

「什麼陰陽眼的！怪力亂神，不好好念書聽那些做什麼！」林先生看起來也記得，「我記得當時他還挺害怕的，我有跟黃導師聯繫過，要她好好處理的啊！」

「看來她沒什麼處理，這件事也很難，畢竟嘴巴長在秦子祥身上，不能叫他閉嘴。」葛宇彤看向客廳陽台邊的神桌，「你們拜拜？」

「是啊，初一十五都拜。」阿嬤連忙點頭。

「那為什麼不相信有人會有陰陽眼？」葛宇彤直截了當的說著，「還是信，但應該是什麼世外高人？不該是孩子班上的同學？」

這句話問得家長們臉色陣青陣白，一時之間不知道拿什麼反駁。

是，他們拜拜，拜祖先也拜神，既有神就有鬼，他們也相信世上有鬼有地獄有黑白無常！更別說所謂通靈者、所謂半仙……是啊，但是當林恭正提起同學有陰陽眼時，他們是立即駁斥的。

「所以……那孩子真的有陰陽眼？」林太太脆弱的說，「是恭正身上的附身鬼害死了他？」

「這倒不是。」葛宇彤歪了歪頭，「我倒覺得那傢伙有點可疑，像是為了證明才無所不用其極的激烈，例如不停的講誰附身或是哪裡有鬼之類的。」

說穿了，林恭正的耳機可能就是個被用來大做文章的棋子。

「可是今天在他們班上，卻真的有……」林蔚珊說得很小聲，「靈異現象。」

咦？林家三口驚愕不已。

「那個秦子祥說……」林蔚珊說得囁囁嚅嚅，「林恭正的靈魂還在班上徘徊……」

林太太嗚哇一聲就哭了起來，林爸爸不可思議的搖著頭，「他一定有冤！對，他不是小偷，也不是為了什麼手機而自殺！他有怨！」

「啊什麼靈異現象？真的是恭正嗎？」阿嬤抓著林蔚珊的手問。

「就桌子突然拉動，板擦掉下地板後，還飛向導師的臉。」林蔚珊說得很無力，「這些

都不是科學可以解釋的現象啊，我想說不定、說不定……」

林恭正是在教室裡啊。

葛宇彤沒吭聲，她看見了，只是沒跟林蔚珊說而已。

他也真的在生氣，死瞪著秦子祥，簡直是黏著不放，身為陰陽眼的他卻到處亂指，照理說他應該看得見就黏在身邊的「好同學」啊。

明明是自殺，但是林恭正的亡魂給她感覺一點都不像自殺的幽怨者。

「你們一定要幫我！」林太太突然站起來，就近往葛宇彤身上撲，「幫我們恭正平反，我絕對不讓他們這樣得逞！說他為了一支手機結束生命！」

她雙手抓握著葛宇彤的右手，就這麼跪了下來。

「別！別這樣！」葛宇彤連忙拉起她，「我們只是志工……這種事還要警察幫忙！」

林蔚珊拍拍阿嬤後，連忙起身到林太太身邊去攙扶，「林太太妳先別哭，妳剛說別讓他們得逞？誰是他們？」

「那些欺負恭正的人、那些要我們承認是手機逼死恭正的人！」林太太泣不成聲的說著，「導師、輔導老師、教務主任，還有……」

「校長秘書。」林先生緊緊握拳，「我知道我們一開始錯了，但現在如果還有彌補的機會——我想知道恭正為什麼自殺！」

「我也很想知道。」葛宇彤認真的望著他們，嘴角挑起一抹笑，「說不定明天就知道了。」

「咦？妳在說什麼啊！」林蔚珊緊張的回頭看著她，擠眉弄眼的，她亂開什麼支票。

「妳沒聽說嗎？」她冷哼一聲，「天師秦子祥今晚要召靈呢！」

已經不記得是誰先提起的，或起鬨或是真心，希望能跟林恭正溝通看看，為什麼會在教室裡搗亂？有人好奇、有的人則是擔心，還有一種是關心。

當時是下課時大家圍著秦子祥問東問西，最後不知怎麼地走到這個結果，相約當晚十點到林恭正跳樓的地方進行召靈，秦子祥大方應允，也歡迎大家一起來，順便見證他的本事。

於是晚上十點，學校的側門邊幾個孩子偷偷摸摸，趁著沒人的時候，一個托一個翻牆，陸續翻牆進入校園。

秦子祥跟他的夥伴們早就在那兒等候了，一如他所想的，稍微好奇的人多半不會來，起鬨的也不會出現，真正會到的沒幾個人，除了好奇心旺盛的人之外，多半都是心虛者佔多數。

「老大，是康哥。」奇異果注意到小跑步過來的同學，「他跟林恭正不是不好嗎？」

「不只不好吧？也是會找麻煩的人之一。」邱彥菱歪著頭，「這就是你說心虛的一份子嗎？」

「嗯！我記得他對林恭正態度也很差，很常嫌他的汗臭味，或是覺得他動作遲緩對吧？」秦子祥看著一臉慌張的同學，「林恭正自殺那天他還帶頭一直說他是小偷啊！」

「難怪心虛！」大松哈哈笑著，「因為真的要說，搞不好是他逼林恭正自殺的。」

不，不是他。秦子祥忍不住握了握拳，他比誰都清楚，林恭正的自殺為了什麼。

「我覺得是因為他喜歡暴牙妹耶！」女生還是比較細心，邱彥菱挑高了眉，「暴牙妹平常也很挺林恭正，所以康哥會不爽他，又不帥又笨拙，為什麼暴牙妹跟游雁然都跟他很好？」

話才落，康哥就抵達了，他們站在距離自殺點十公尺遠的地方，就著花圃的石台圍坐著等待。

「你們這麼早到喔？」康哥故作鎮靜的說著，事實上剛剛經過林恭正墜落處時，往外繞了一大圈。「怎麼只有我來？」

扣掉秦子祥那票，真的只有他耶！

「還沒十點咧，而且進來不容易吧！」奇異果科科笑著，「你翻哪邊的牆？」

「還有哪邊？就操場邊那裡最好翻啊！我踩著我的機車進來的。」康哥比大家年紀都大，已經有機車駕照。「靠，下午不是一堆人說要來。」

「打嘴砲誰都會，來的人不會超過十個你放心好了。」秦子祥冷冷的說，「尤其嚷嚷最大聲的那幾個絕對不會出現。」

「幹一群臭俗辣！」康哥搓著雙手，「你們在這裡不會毛毛的喔，我是說……」

他不安的看著林恭正墜落的地上，即使血已被沖掉，但似乎還有殘留，水泥看過去顏色較深，每個人經過那兒還是會覺得心裡怪怪的。

「有什麼好怕的？」奇異果蹲在地上，一臉賊笑，「下午那個兒福的女人不是才說，平生不做虧心事，半夜不怕鬼敲門！！」

康哥蹙起眉頭，不怎麼想理奇異果，逕自走到他們身邊坐下，遠離命案現場的那邊。

不一會兒，兩個女生前後抵達，一點都不意外的是游雁然跟暴牙妹。

「果然來了！」邱彥菱笑著，「妳們真的很關心林恭正耶！不是不信嗎？」

「寧可信其有。」游雁然倒也乾脆，「不管怎樣我就是要過來看看。」

「對啊，經過下午的事我也沒那麼鐵齒，畢竟桌子不會自己動，板擦也不該會攻擊導師……」暴牙妹也大方，「如果你真的那麼有本事，就讓我們親眼看看也好，反正眼見為憑。」

「真是一群小看我的人。」秦子祥自負的笑著，「我從開學那天起就跟你們說過了，非得要出了事才願意承認我的厲害。」

「好了啦，厲害就厲害，掛在嘴邊說很幼稚。」暴牙妹一樣不給面子，「就我們……喔，

康哥也來了。」

康哥看見暴牙妹心情複雜，沒想到她居然真的為了林恭正那種人跑來這種恐怖的召靈大會？要不是心裡不踏實，他才不來這什麼召靈會咧，老人家不是說這種事少碰為妙？召喚陰界事物本來就不好啊。

但是林恭正自殺那天，他不停的逼他、羞辱他，知道他自殺後簡直輾轉難眠，想著該不會是因為他做得太過火，將同學逼上絕路吧？

原本只有內疚，但是今天下午的鬼魅說，讓他整個人都毛起來了。他的靈魂還在教室裡不走！這是冤魂未散嗎？是不是會怪他？還是會傷害他？剛好不知道誰提起了溝通與召靈，雖然他嚇得要死，但還是打算誠懇的跟林恭正道歉，如果他願意原諒他的話……

「游雁然？」三個男生跟著從後面現身，「哇靠妳真的很喜歡林恭正喔！」

游雁然回首，分別是班長、小皮及大餅，「不要什麼都扯喜歡不喜歡，我跟林恭正是感情不錯的同學，我必須知道他自殺的主因……別忘了耳機線的事跟我有關。」

「喔！」男孩子們顯然不怎麼信這個理由，只覺得好難想像游雁然這種大正妹會喜歡林恭正那種男生。

「笑屁喔！」暴牙妹指著男生開罵，「同學關心同學不行嗎？我也來了啊……那你們來幹嘛！」

「有召靈耶！不來看一下太可惜了！」大餅笑得倒是挺開心的，「這種電影上才看得見的東西，有機會在你面前怎麼能錯過。」

看來是個好奇心旺盛的。

「我也是關心同學……好，我是不想被影響。」班長倒是老實，「一整天都擔心受怕的日子不想要再一次，明天也不知道要不要來上學，還是親自確定比較好。」

例如：秦子祥是不是真的看得見？林恭正是不是真的陰魂不散？今天板擦攻擊老師時真的嚇得全班都奪門而出，他不是不理解攻擊導師的理由，因為導師處理霸凌事件是很軟弱的。可是按照電影跟小說寫的，如果「鬼」會攻擊人，好像就不太妙？

「我想來看看……」小皮一向是比較沉穩內向的人，話不多，說這五個字後，眼神緩緩瞟向秦子祥。

他想來看看，秦子祥到底是不是像他自己說的這麼厲害。

其實每個人在表面理由之下，內心都還有另外的想法與目的，只是沒有人願意說出來，只是努力找無傷大雅的理由加以包裝。

空地上突然刮起強風，黑夜總是容易增添不安感，所有學生雖然都靠在同一邊，但彼此之間還是有距離；一直到十點十分，再也沒別的同學來，奇異果對秦子祥更加崇拜了，因為

下午起鬨的那些，真的全數未到。

十點十五，秦子祥站了起身，所有人立刻緊繃起神經，觀察他的下一步。

奇異果遞過一段樹枝，秦子祥皺眉望著他，「幹嘛？」

「不是要畫陣嗎？」

「我才不需要那種東西。」秦子祥深吸了一口氣，朝著事發地走了過去。

學生們下意識聚攏在一起，秦子祥繞著林恭正陳屍的旁邊繞著圈走，嘴裡喃喃唸著，每走一步都停留好幾秒，雙眼盯著地板看，然後才看向靠成一團的同學們。

「大家過來吧！」他說著，眼底閃過一抹笑意。

「過、過去？」康哥愣住了，「為什麼要過去？」

「召靈都要人的，想要召喚靈魂，怎麼能不出力？」秦子祥說得從容自然，「圍繞著中心點成一個圈，大家都坐下來吧！」

咦！驚呼聲四起，人得過去坐著？這跟想像的不一樣，未免太危險了吧？

「你不能畫個什麼陣的，把他叫出來聊聊嗎？」大餅顯得有點緊張，「參與召靈不是有風險？」

「有我在怕什麼？」秦子祥一樣自信滿滿。

「跟電影一樣耶，大家要手牽手醬子？」暴牙妹說得小小聲的，「感覺好可怕……」

游雁然深吸了一口氣，「總是得試，就當作玩錢仙吧！」

她居然一馬當先走了出去，暴牙妹遲疑兩秒，如果真的能叫出林恭正，她就要好好的問問他，下午到底是什麼意思？針對她？有意見大家講明白！所以她也硬著頭皮跟上前；班長看兩個女生走出去才邁開步伐，他要的是安靜的念書環境與求學生活，不能生活在恐懼之下。

就這麼半勉強的，每一個人都坐下來，帶著心慌畏懼，有的人手汗冒不停，直往身上擦著，才能勉強與身邊的人緊緊握住。

「這樣真的不會出事嗎？」康哥惴惴不安。

「不要鬆手，不要亂講話就不會，大家都聽我的。」秦子祥也坐了下來，他左手邊是大松，右手邊是奇異果。「請緊握住彼此，線絕對不能斷掉。」

其實康哥是一千兩百個不願意，就連大餅也有忌諱，但是這就是所謂「同儕」的力量，當大家都決意做同一件事時，無形的壓力會逼得不願意的你就範，再不情願也會被半推半就的順應大家。

這就叫「團結」、「合群」，在團體裡，得犧牲掉自己的意願。

學生們緊緊牽握，還特地把圈變小，就怕圈設得太大，手伸得太直會容易鬆開；當大家都圈好後，秦子祥只是闔上雙眼，嘴裡喃喃碎語，奇異果隱約可以聽見林恭正的名字。

夜晚的校園寂靜得令人害怕，尤其在這無人的空地上，圍繞著前三天還滿是血跡的地

板，風似乎更大了些，吹得一旁的枝葉亂顫，嘎嘎作響。

模模糊糊的影子突然出現在正中心，一開始游雁然還以為自己看錯，她倏地雙手收緊，讓分據左右兩方的康哥及暴牙妹也跟著警醒。

林恭正出現在圓圈的中心，那個他曾趴著的地方。

透過手心的緊張程度，原本閉著雙眼的人都忍不住睜開，一看到林恭正真的出現時，卻嚇得差點尖叫。

「出、出來了。」大松嚥了口口水，兩眼發直。

秦子祥這才緩緩睜眼，看著同學們一臉驚恐，均望著圓心。

「晚安。」他輕聲說著，「我們有人想看看你，有人想託我跟你聊聊。」

林恭正像是飄浮著般，腳很模糊，但是可以原地轉著圈毫無阻礙，仔細看他還戴著耳機……不，是耳機鑲進了頭骨裡，可能是在墜地那瞬間壓進去的；他一一梭巡著每張臉孔，康哥立刻心虛的別過頭，連邱彥菱也都避開眼神，班代蹙眉與之對望，身子卻在微顫。

『你們來這裡做什麼？看我笑話嗎？』林恭正緩緩的說，『我都死了還要來嘲諷我嗎？』

暴牙妹緊皺著眉，「他在說什麼啊？」

聽不見啊！看見他嘴在開闔，但不像是在說中文，完全讀不出一絲訊息？她看向左邊的游雁然，她也一樣搖頭。

「沒人聽得見啊，沒有聲音……秦子祥！」班長緊張的開口，「你聽得到他在說什麼嗎？」

秦子祥冷冷的望向班長，用一種你在說廢話嗎的鼻音哼了哼。

「他們想知道你為什麼自殺？」

林恭正倏地轉向他，『你還敢問？』

「因為受不了被人說是小偷。」秦子祥淺笑著，「算是作賊心虛的一種吧？」

『我才沒有偷東西！你憑什麼這麼說！』林恭正怒氣沖沖的吼著，『要不是你騙我、用游雁然威脅我，我才不會……不！我那天為什麼會這麼傻，都是因為你們——』

他倏地伸直手臂，原地急速的轉著圈，一一指著臉色蒼白的同學們，『你們讓我過得好痛苦！我一點都不想再上學了！』

「他幹嘛指我啦！」康哥顯得驚慌，「天哪，我可以把手放開了嗎？」

「不可以放啦！」大松緊張的喊著，「線不能斷！」

「他在說什麼，好激動的樣子！」班長趕緊追問，「他對誰不滿？說出來大家幫他解決，請他不要傷害同學們！」

「他說，」秦子祥頓了一頓，「你們這些瞧不起我的人，之前一再的找我麻煩，我現在變成這樣，絕對不會輕易放過你們！」

林恭正突然止住了聲，他幽幽回身，看著仰首的秦子祥，『你在胡說八道什麼……你聽得見我的聲音嗎？』

秦子祥沒有回答，只是八風吹不動的坐著，凝視著他。

「為什麼要自殺？」游雁然衝口而出，「為這種事自殺多蠢？你知道報紙把你寫成怎麼樣嗎？你知道導師跟學校怎麼……天哪！你是因為這樣才攻擊導師的！」

『我沒有攻擊導師，那不是我做的。』林恭正筆直走向秦子祥，他依然一臉大無畏。

『但是我更不可能因為一支手機自殺！』

「唔……老大！」奇異果快哭出來了，他嚇得閉上眼睛，那個林恭正蹲下來了啊！

這麼近看，大家都可以看見那如西瓜般裂開的頭顱，滿臉的鮮血，更別說林恭正墜地時是臉部著地，那張臉根本都面目全非了！

鼻梁塌扁內陷、右額連帶眼窩都凹了進去，牙齒掉了好幾顆，整張臉的骨頭都碎了，前額裂開的頭骨至今還在溢流著腦漿，更別說他全身骨頭俱斷，手腳全部都以不正常的姿態扭曲著。

「我、我不是故意找你麻煩的喔！」心虛的人趕緊先道歉了，康哥低首吼著，「我沒想到你會自殺的，我只是、我只是……好，我就是看你不順眼，你要問我理由的話，就是你長得很欠人欺負就是了！」

「什麼叫長得欠人欺負？」緊收的右手是游雁然，她不可思議的嚷著，「你們在霸凌別人時，想的就是這種沒營養的東西嗎？」

「就、他就不討喜！妳知道人有分可愛與不可愛之分嘛！」康哥繼續說，「遲鈍又胖，不然妳問大松，他們為什麼也都找他麻煩。」

大松愣住了，有必要在這時候問他這種問題嗎？「沒、沒有啊，我只是、跟他開玩笑！」

「開玩笑？」班長嗤之以鼻，「你們每天做的就叫霸凌，羞辱不夠，刻意撞他、藏他的東西，當眾恥笑，乃至於誣指他為小偷。」

「關你屁事啊！」邱彥菱連忙出聲，「誰不是這樣做？我們就只是覺得……有趣嘛！林恭正不高興可以跟我們說啊！」

「他說幾百次了吧？」小皮幽幽說，聲如蚊蚋，「反正這些人不管怎麼說，你們都不會聽進去的，只是會變本加厲罷了。」

事實上，上學期小皮也是被霸凌的對象之一，林恭正就是那個幫他出頭，然後轉而承接霸凌的人。

「適者生存，不適者淘汰！」奇異果莫名其妙迸出這麼一句，「又沒人叫他去死！」

「奇異果！」邱彥菱忍不住低吼，他是沒看見召靈陣中有個死靈嗎！

奇異果噘起嘴，一點都不認為自己有錯啊，像他過得可辛苦了，還不是這樣熬過來了！命是自己的，選擇跳下來的明明就是林恭正自己啊！

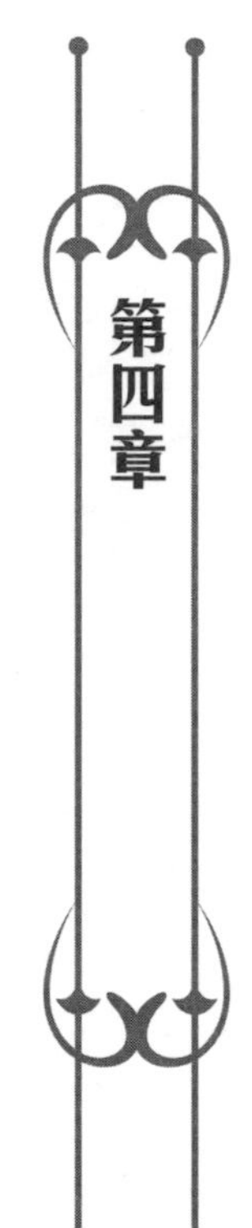

沒人聽得見林恭正的聲音，但是他卻聽得很清楚，這一字一句只是讓他更加憤怒，說到底，是他活該嗎？這些每天讓他生活在地獄裡的人，站在外頭說句：你活該、誰叫你抗壓力不夠？讓你這麼脆弱？就都沒自己的事了？

他使勁瞪向秦子祥，有那麼一瞬間發現秦子祥如此大無畏的眼神，連眼都不眨，讓他有點驚訝也有點怨懟。

驚訝於他真的不怕、怨的是如此不在乎就是真的沒把他當回事……不管是生前的羞辱乃至於害他自殺，他都毫不在意？

但是，當他作勢想嚇他時，卻只聽周遭人的尖叫聲。

林恭正幾乎都要貼到秦子祥的鼻尖了，耳邊傳來游雁然制止的聲音，她擔心他會做出什麼不可原諒的事情，但他卻擰起眉，忽地拉長早就碎斷的頸子，來到了秦子祥的左邊。

「看著我，秦子祥。」

秦子祥依然不動的仰首望著剛剛的方向，「林恭正，死亡就該往去的地方，不要再留戀

了，你……塵歸塵、土歸土，快點去報到，嚇唬同學跟學校不是好事。」

林恭正瞪大了凹裂的眼，不可置信的站了起來，他彷彿受到打擊般的踉蹌後退，每走一步，就有更多的血落下。

『哈哈哈……哈哈哈哈！』林恭正突然狂笑起來，在眾人眼裡看見的卻是駭人的猙獰，『我們都是傻子！都是白痴，我居然為了這種人自殺！』

「哇啊！他在幹嘛！」康哥嚇得魂飛魄散，「為什麼突然這麼激動！」

「林恭正，你冷靜一點！」班長趕緊出聲，「有什麼事大家好好說，我、我聽說人死後靈魂會徬徨一陣子，你千萬不要做出錯事！」

「對對呀！那個大家真的不是故意的，我們怎樣都沒想到你會自殺啊！」邱彥菱竟然嗚哇就哭了起來，「我這兩天都睡不著，對不起！我跟你道歉，我不是故意的！」

『都閉嘴！偽善者！』林恭正驀地大吼，那眼神淩厲憤恨交加，一一指著同學們，『欺負人當有趣，人性本惡，你們就是喜歡殘虐毀滅他人，以欺負我為樂，羞辱我讓我痛苦……』

從奇異果開始，他一個個指著，然後倏地轉一百八十度，指向了康哥，『你上次當眾在我褲子潑水，然後一路嘲笑著我尿褲子，你知道我有多想死嗎？』

「你幹嘛指著我！天哪，秦子祥！我想走，叫他不要看我！」康哥嚇得直打哆嗦，他左手邊的班代可是費盡努力緊拉住他的手，好怕他鬆開這個圈啊！

『你們……哼，這些旁觀者也一樣！』他瞪向班長及大餅他們，『是，你們沒有義務要幫我，那現在在這邊說什麼風涼話！』

「林恭正！」游雁然忍不住尖吼著，「你不要這樣，好可怕……我們都很害怕！」

林恭正倏地止住狂吼，看向望著他流淚的游雁然，她身邊的暴牙妹原本是來質問他下午究竟對她有什麼意見的，現在倒是一句話都說不出來了。

『游雁然……』他垂下身子，『妳為什麼要送我那條耳機線……』

壓倒駱駝的最後一根稻草，就是那條耳機線啊！

但是他收到時，真的很開心很開……

『全部是偽善者！』

刺耳的尖叫聲突然傳來，林恭正踩著的水泥地上，驀地如湧泉般冒出鮮血。

「哇啊……那什麼！」大餅嚇得好想站起來，身邊的小皮立刻拉住，「好多血！」

「不要鬆手！」秦子祥厲聲吼著，「鬆開會出事的！」

血如沸騰般的冒著血泡，連林恭正都不可思議的望著那不停湧出的血水，他整個人幾乎都浸在裡頭，血裡竟能映出他死亡的慘狀，這般面目全非的模樣，是他死亡時的樣子嗎？他居然變成這個樣子……

『他們都是殺人凶手！他們用言語用文字把你殺了！』血裡傳來嘶吼聲，盈滿著悲

傷與憤怒，『我們為什麼要忍？我們為什麼要被他們殺死！』

令人驚訝的是，這莫名其妙的聲音，大家卻都聽得一清二楚。

像從地獄傳來的怒吼，讓學生們的理智幾乎崩潰！

「血快漫過來了！」邱彥菱哭喊著，「秦子祥！鬆開，我們要離開了。」

「等等，我們要照規矩來，必須先把林恭正請回——」

餘音未落，那血池裡驀地竄出好幾道血影，沒有形體，只是鮮血一道道濺起飛躍，光這情景，就足以將學生們嚇得發狂！

「哇！不關我的事！」康哥第一時間跳了起來，「我真的不是故意的！」

「王有康！」班長錯愕的望著自己的右手，他就這樣鬆開了？

「天哪！你做什麼！」游雁然嚇得想要重新抓住他的手！「線不能——」

「走開！」王有康立刻揮掉游雁然伸長的手，轉身拔腿就跑！

「不行！」大餅一骨碌衝上去，由後抱住了王有康，「召靈不能中斷，你這樣搞會害死我們的！秦子祥！快點補救，你一定行的！」

「我……」秦子祥還沒說話，就見王有康死命的扭動身子，硬要甩開大餅。

兩個男孩角力，王有康還是比大餅氣力大些，使勁把他往旁邊撞去，大餅直接跌了出去，但是反作用力也讓康哥整個人不穩的踉蹌，狼狽仆地！

這一跌可慘了，側身磨地，左手臂、身子跟臉頰都跟水泥地摩擦，疼得他哀叫。

「幹！你們這些……」他知道自己還在圈內，趕緊起身，驚惶的看向圈的中心，卻發現林恭正早已不見蹤影。「咦？」

「所以……沒事了嗎？」王有康白著一張臉，吃疼的用手抹了臉頰，只抹到濕潤的血。

暴牙妹試圖平復過快的心跳，「圈鬆開時，林恭正就不見了。」或是他們因此看不見了？

「幹！大餅！很痛耶！」

他瞪向趴在外側的大餅，他被拋扔得距大家有段距離，也已經坐起，怒不可遏的瞪著康哥，「活該死好，就說召靈不能斷，你一個人想害死我們嗎！」

「害個鬼啦，不是沒事？」他指向中心，「林恭正那傢伙就已經走了——」

「那個……」小皮輕輕的開口，「地上……」

「什麼？」班長留神，發現他緊盯著地面瞧，跟著看過去。「各位……地上……」

奇異果早就注意到了，他們一票的手依然緊握著，用力嚥了口口水。

游雁然回神的發現大松他們神情有異，隨大家的目光望去，看見水泥地上滲出了黑色的痕跡……由裡滲出的汙漬，有點像是林恭正清不掉的血跡。

只是，那距離林恭正的血跡有三十公分遠，就在王有康身邊。

「哇啊！這什麼！」王有康嚇得以手代腳往後退，一路退到了班長身邊。

然而在他手掌上的血才印上地面，卻疾速的被吸了進去……取而代之的是滲出的新黑色跡斑。

「血……血被吃進去了！」大松緊張的指著，「你們看見了沒？康哥的血都被吃進去了。」

暴牙妹轉著眼珠子，「那個……那個圈斷掉，裡面又見血的話，會、會、會發生什麼事嗎？」

依照電影的知識，她覺得情況有點糟啊！

「不必擔心，我在！」秦子祥一臉嚴肅的鬆手起身，「林恭正，聽我──」

說時遲那時快，水泥地上倏忽衝起了大量的黑影，伴隨著比撕開黑夜還淒絕的慘叫，一路衝上。

『呀──』

五層樓的博學樓，滿滿的玻璃窗幾乎是同時碎裂炸開的──砰！鏘！

「哇啊──」玻璃雨頓時降下，學生們驚慌失措，倉皇逃竄！

黑氣上衝，瞬間包圍了整棟博學樓，甚至穿入雲裡，遮去了初七的半月，這讓遠在數公尺外的車子緊急煞了車──軋！

「哇啊！」林蔚珊整個人往前，所幸安全帶繫著，但也讓她嚇傻了，「怎麼了！有貓狗嗎？」

「有沒有搞錯……」葛宇彤望著車窗外，「妳看見沒？跟我在一起這麼久，那種程度妳應該看得見吧？」

「什麼啦！」她一臉驚魂未定的樣子，望向擋風玻璃外頭，「就……咦？那是什麼！好、好可怕！」

「該死，那是哪裡……應該要先去學校的！」葛宇彤咂嘴，重新踩下油門。

「咦？」林蔚珊望著身邊經過的捷運站，「那就是學校啊！」

王有康翻過牆時狼狽不堪，他一反適才翻牆入內的帥氣，這會兒可是摔出來的！位置還估算錯誤，翻過來跌地後，才發現離自己的機車有好長一段距離，顧不得腳踝的疼，跛著腳往機車的方向去。

身後翻出來的是大餅，他還沒著地，游雁然就被班代推著翻出來，慌張忙亂中鬆了手，游雁然直接摔在大餅身上，緊接著暴牙妹壓在游雁然身上，不知情的班代好不容易把女生拖出來了，逃命般的也翻過牆，結果就是在牆角上演疊羅漢。

「啊……」大餅說不出話來了，好重啊！

「對、對不起！」上頭的人們手忙腳亂，或起身或滑開的趕緊離開他身上，每個人摔得全身都疼。

「康哥跑真快！」班長扶著牆直起身子，漸漸的冷靜下來，「能騎機車真好！」

「別羨慕了，快閃人啊！」大餅立刻往反方向跑，他們的腳踏車都停在另一頭。

班長全身冒著冷汗，不忘扶起拐著腳的游雁然問道：「沒事吧！」

「沒事……沒事……」她重複著這兩個字，看起來很有事啊，「為什麼……剛剛是怎麼回事……」

她瞪著地板說不出話，班長看了另一邊扶著的暴牙妹一眼，才留意到大家的臉上手上都是被玻璃雨劃上的傷痕。

「雁然，妳冷靜一點，深呼吸……來！」暴牙妹看似比較堅強，安撫著她，「看著我，游雁然！」

游雁然呆望著暴牙妹，眼淚倏地奪眶而出，哇啊一聲就抱住了暴牙妹！

「他好可怕，他不是林恭正了！那樣子好恐怖，還有血，從地上漫出來的血……」游雁然簡直是語無倫次，「玻璃都破了，我們、我們召靈失敗了，天哪！失敗的話——」

失敗的話會怎樣？班長這才意識到事情的嚴重性，身邊驀地一個人影出現，嚇得他差點驚叫，若不是小皮及時按住他的肩讓他看清自己，只怕嚇飛一魂一魄。

「此地不宜久留，其他的事明天再說。」小皮說話向來沒有起伏，「家裡有神桌佛堂的話，我們晚上就拜託一下他們吧！」

嗚，小皮，你話可以少說兩句嗎？這樣子講晚上誰敢睡啊！

「管他，先走！」暴牙妹拉過游雁然，「啊秦子祥他們呢？」

「高人自有辦法，我們先擔心自己吧。」班長嘆了口氣，斜對面的大餅已經牽好車了，拚命朝他們招手。

快點啊！你們在磨什麼啦！

左右都有來車，好不容易等到空了些，他們立刻穿越馬路——叭——叭叭——

刺耳的喇叭聲陡然響起，伴隨著遠光燈一照，嚇得一票學生花容失色，直接僵在原地無法動彈！

紅色轎車煞車停在他們面前，幸而後面沒有緊跟的來車，林蔚珊還在慌亂解著安全帶，不知葛宇彤是怎麼俐落的一鬆開就同時站出去的？

「你們——」她一走出車門那可是氣勢逼人啊，「在半夜給我搞什麼……我的天哪！」

她罵到一半忍不住往十一點鐘方向看去，這太誇張了吧，整棟校舍在她眼裡都瞧不見了！

後頭來車按幾聲喇叭示意，搞不太清楚他們這邊發生什麼事，慢速從旁邊繞過，林蔚珊一下車就忙跟後方來車道歉舉手，接著趕忙跑到車前。

「不要就這樣把車停在路中央啊，很危險的……你們幾個，為什麼這麼晚還跑來學校？」林蔚珊立刻指向路邊，「喂，你，不准走！」

已經跨上腳踏車隨時準備落跑的大餅一驚，乖乖垂下雙肩，被逮個正著。

「你們在裡面做了什麼啊！為什麼這麼邪！」葛宇彤根本沒聽見林蔚珊說的一字半句，氣急敗壞的上前就揪過小皮的衣領，「邪氣罩天，你們放了什麼出來？」

「邪……」小皮突然被揪住領子完全傻了，尤其他發育較晚，號稱乾煸四季豆，突然被高大的女人一拉，根本愣住，「妳、妳知道？」

「我沒瞎！」葛宇彤揪得他衣領更緊，往自己臉龐扯近，眼睛卻瞪向右邊臉色發白的班長，「說話啊！你們在裡面幹了什麼好事？」

「沒、沒有，我們只是想見同學一面而已！」班長有些支吾其詞，「召靈到一半出了點意外，接著莫名其妙就、就有東西從地底跑出來！」

「沒有什麼事是莫名其妙的！」葛宇彤再看向在場的學生，游雁然跟暴牙妹她認識，班長她也看過，其他幾個倒是陌生。「給我解釋清楚，不然一個都別想跑。」

「……葛宇彤。」林蔚珊哎唷一聲忙拉著她的手，「妳先移車啦，車子停在馬路中間耶！」

「把他們帶到旁邊去等！」葛宇彤扭身往車子那邊去，後頭正有台白色轎車長按著喇叭不放，刺耳得令人難受，「喂！又不是沒路讓你走！」

車主原本想叫囂，結果繞過來是個凹凸有致的豔麗美女，喇叭瞬間鬆手，車窗還搖了下來。

「小姐，妳們有出事嗎？需要幫忙嗎？」口吻笑容跟剛剛那不爽的喇叭聲完全搭不起來。

「不必！」她正眼沒瞧一眼，坐進車裡氣得關上車門，先將車子移到旁邊去再說。

一票學生囁嚅的被林蔚珊拉到路旁的腳踏車區去，腦子裡已經想到更遠的事，例如等等這兩個人會不會帶他們回家？要怎麼跟家裡解釋？還有晚歸怎麼辦？萬一被帶到警局不就死定了？

今晚這事，應該誰都不能講吧？

林蔚珊溫柔並循循善誘的問著他們適才發生的事，從破碎片斷且帶著哭聲的回答可以得知，這些學生嚇得不輕，葛宇彤從頭到尾倚著自己的車聽著「供詞」，那板起的臉充滿肅殺之氣，只要她一瞪眼，大家都不敢拐彎抹角，和盤托出。

「召靈？你們又不會這種事為什麼要做？」葛宇彤只覺得頭疼，「這連我都不會了……」

「秦子祥會啊！」大餅還很無辜咧！

「秦子祥？那個陰陽眼小子嗎？」葛宇彤提起這三個字，莫名心生不安，「他人呢？只有一個嗎？」

「沒有，他們那票都在，就他、奇異果、大松跟邱彥菱，跟我們好像跑不同方向。」班長是理智型的，很快就能回答問題，「玻璃雨降下來時，我們就只顧著跑，但我看秦子祥根本就不慌不忙的坐在原地，還叫他們的人冷靜。」

「冷靜？召靈中斷不是不好嗎？」林蔚珊擔憂的看向葛宇彤。

「我沒召過，我是會做那種事的人嗎？」葛宇彤沒好氣的一一掃視他們，「中斷是不好，但召靈這件事情一開始就很糟！」

暴牙妹低下頭咬著唇，「但是我們就想問他要幹嘛啊！下午這樣嚇我們……老師妳也看見了，板擦還飛向導師……」

「我不是老師。」葛宇彤揮揮手，「我叫葛宇彤，叫我……彤大姐吧！」

「蔚珊姐。」林蔚珊趕緊也自我補充。

「反正我想知道他是哪裡對我有意見，我平常跟他也沒多差啊！下午挪我桌子是怎樣！」暴牙妹一股腦的說出來，還帶著不爽，「結果看到他真的現身我卻說不出話，然後大家還在現場吵架！康哥還說他被霸凌是他不討喜活該！」

「康哥？」葛宇彤立刻看著眼前幾個傢伙，「誰？誰說的？」

人人面面相覷，大餅尷尬的笑著，「呃……他騎機車，比我們都最快溜了。」

「騎機車？你們才國二騎什麼機車？」

「他十六了。」小皮說，「留級重讀好幾次……」

葛宇彤雙手抱胸，回身就可以看見被邪氣遮掩的月亮，這不是一時的事啊，如此衝天邪氣，一定是犯著了什麼！不僅僅是召靈這麼簡單。

「你們同學有這麼深的恨意嗎？」林蔚珊也忍不住看著黑氣憂心，「那是好深好深的怨恨啊！」

「深……不，不該會吧？」游雁然搖了搖頭，「我不認為林恭正是那樣的人。」

葛宇彤不瞭解林恭正是怎樣的人，因為接觸這件案子時，他就已經是一具屍體了。

放學從五樓躍下，需要何等的勇氣？又是在如何的絕望與痛苦中，選擇踏出那一步？說沒有恨是騙人的，他身上一定交織著痛苦、悲傷與憤怒。

每個自殺的人必備因素。

「……葛宇彤！」林蔚珊突然拉了拉她，「妳看！」

看？她被扯著衣服回首，警車緩速駛來，葛宇彤幾乎可以確定快靠近他們時，車速好像更慢了。

「記者小姐。」下車的是熟面孔的員警，「那個有人報案說這邊有行車糾紛……」

「沒有什麼糾紛。」她大方的向前，「倒是這幾個學生需要簡單的護理包紮……到你們警局去好了。」

「什麼！」孩子們異口同聲，進了警局還得了。

「他們做了什麼嗎？」警員很是疑惑，都幾點了為什麼在外遊蕩，而且每個人身上都帶傷啊！

「翻牆入校，這算什麼？非法入侵嗎？隨便找個可以去警局的名目好了。」不顧後面的抗議聲，她已經拉開車門，「女生這台車，男生上警車。」

「蛤——會被罵死的啦！」大餅哀嚎慘了。

林蔚珊本是無奈，不過她知道葛宇彤的用意，一來想知道更詳盡的事，二來嘛，把孩子們放在警局一晚，暫時避避風頭？

不說別的，光看著包裹著校舍的邪氣，連她都有股寒意自腳底冒上啊！

「等等我要那個康哥的電話跟名字。」葛宇彤拿出手機問著，暴牙妹忙不迭的拿出自個兒的手機按著號碼，「他叫王有康。」

「嗯！」葛宇彤撥號後就把手機扔給林蔚珊，她要開車，不便使用手機。

林蔚珊趕緊接過，有時候……不，常常葛宇彤都給她一種她才是老大的感覺，嗚。

她不是計較這個，她還是學姐，論耐性與愛心她也遠勝於葛宇彤，但是自從認識葛宇彤以來，他們遇到太多無法解釋的事件，魍魎魑魅充斥的事件，卻得要葛宇彤那種性格才能一次又一次的化險為夷。

至於什麼性格……林蔚珊捧著她的手機咬咬唇，一時之間她也想不出個適切的形容詞啊。

「您的電話將轉接到語音信箱，嘟一聲後……」

電話沒接，林蔚珊再重播，得打到他接為止。「打通了叫他到警局嗎？」

「嗯，不管多晚都得來。」葛宇彤專心看著前方，「今晚，他們最好都在警局度過。」

這麼多警徽，就不信擋不了煞！

口袋裡手機在震動，王有康知道，但是現在是什麼時候，誰有閒工夫接手機！

況且現在大家早就都用 LINE，會這麼緊急 CALL 來的一定是剛剛的人，不是班長就是大餅啦，難道會是秦子祥？

「幹幹！」他邊騎邊咒罵著，「我沒事來這裡做什麼！」

真的是作賊心虛，為了怕林恭正不走是找他算帳，非得要來親眼確認是不是有鬼的存在，順便要道歉的……對啊，他不是要來道歉的嗎？為什麼最後變成這樣？

「我是真的要道歉啊，但是你不給我機會啊……你在那邊又吼又叫的，完全不聽我說話！」王有康失控的逕自大吼，「我承認是好玩，帶著不爽，因為暴牙妹好挺你啊！」

其實他是惡意的！霸凌又怎樣，如奇異果說的，世間不是適者生存，不適者淘汰嗎？這麼脆弱都去死死好了，他一直是這麼想的，每天欺負林恭正、惡整他，嘲笑他，看他痛苦看他難受的樣子就覺得很爽。

有一種手握他人生死大權的感覺，這就是霸凌者的想法吧！

反正你又不能拿我怎樣？每一次他睨著林恭正的眼神就透露著這個意味，你想怎樣？你贏不過我的，我隨便出招就可以整死你！

秦子祥他們更過分，在LINE、在班級的FB社團裡常惡整他的照片，極盡羞辱之能事，小偷的造謠也不是第一次，上學期班費不見一百，就有人在社團裡寫說其實不見的是一千，是導師幫忙掩蓋，班上有個手腳不乾淨的小偷！

那是伏筆，耳機線是爆發點，還有實證。

大家都是這樣做啊，共同看一個人不順眼，就要看他痛苦……有時候甚至沒有理由，只知道讓對方瘋狂哭泣會打從心底笑出來。

這不是司空見慣的事嗎？網路上一堆「靠北ＸＸＸ」社團，裡面不乏有人利用發洩怒氣行霸凌之事？莫須有的理由、捏造謊言、就希望把對方寫死，不需查證，不就是好玩而已嗎？為什麼輪到林恭正時，他居然就去跳樓？有沒有種啊！

「跳樓！你莫名其妙自殺幹什麼啊！抗壓力這麼低，真的晚死不如早死嗎？」王有康忍無可忍的吼著，「你不會反抗嗎？不會不要理嗎！你搞個自殺……搞得我很內疚，好像我有錯一樣！可惡——」

『你沒錯嗎？』

第五章

後座陡然一個重量出現，機車歪了一下。

咦？王有康一時以為自己幻聽，但是真的後座像是載妹時，她們姿勢般的挪移了一下。

他兩眼發直的看著眼前的黃線一道一道掠過，腦子想著該不該看一下後照鏡？騎車在路上應該要看的，但是現在他卻只敢盯著前方，背部滲出的汗濕了衣服，握著龍頭的手也掐到泛白。

為什麼他的後座會好像有人！

慢慢的，一隻手搭上他的右肩，彷彿在告訴他，這並不是錯覺，後座確有乘客喔！

『你也是打造地獄的人之一……』森幽的聲音從右耳後方傳來，『看大家笑我失禁很有趣嗎？』

林恭正！王有康不可思議的往後照鏡瞥了一眼，果然在他肩頭上看見那張滿臉帶血又破碎的臉龐！

「哇——」他竟嚇得雙手一鬆，顧不得的大叫。

後座那雙摔成多段的的手倏地由後伸出，握住了他的機車龍頭，使車子不致倒地。

『怎麼可以鬆開手呢？很危險的……』林恭正幽幽說著，他的雙手自王有康兩邊身側腋下橫出，這間接等於把他鎖在機車上了啊！

「這是夢這是夢！」王有康緊閉起眼睛，慌亂的把手重往龍頭上放，再睜眼，「我太害怕了所以產生幻覺，所以……」

『我很痛苦的，你只是好玩有趣，我卻是折磨……你不懂那種半夜只想大哭，什麼都不想做的煎熬。』林恭正鬆開了擱在龍頭上的手，改成緊緊環抱住他。『我一直都想死，一直一直……』

「放、放開我！」感受到腰間一陣緊窒，王有康已經完全明白這不僅不是幻覺，後座真切的坐著他已經跳樓身亡的同學！「對。林恭正，真的對不起，我不是故意的！我只是……」

『覺得有趣而已，我懂我真的懂。』林恭正只是用那盈滿憤怒的眼神吊著瞪他，『想看我哭、想看我無地自容，我的難受就是你的快樂，我真的都知道……人，本來就是很變態的生物。』

唔……王有康倒抽一口氣，他的腰、他的腰越來越緊了，林恭正不是應該是鬼嗎？為什麼勒著他的感覺如此明顯！

「我知道錯了！我真的沒想到你會這樣就自殺……因為這樣自殺真的太蠢了，你怎麼會幹這種事啊！」王有康哭喊著，「求你放過我，你要我做什麼都可以，我可以幫你抄佛經、我可以幫你……」

『我想重新活一次。』林恭正說著不可能的任務，『在沒有你們的世界，再活一次。』

嗚嗚哇哇，這怎麼可能啊！王有康哭了起來，既然這麼想活，當初為什麼要跳呢！

「對不起對不起！」他只能拚命的道歉，「放過我，看在我們都是同學的份上……我求你……」

『你現在知道我們是同學了？』林恭正抽了嘴角，『現在扯同學情會不會太現實了點？』

溫熱的淚水忍不住滑下，王有康哭喪著臉往前直騎，他不敢停下，剛剛才略要減速，腰間的力量便即刻收緊，他知道林恭正不許他停！

失禁源自內心深處的恐懼，他的機車後座坐著亡靈啊，那個曾被他欺負、甚至可能因此而死的亡靈！

『好臭……你也會怕？我以為你們都不怕的。』林恭正扭了他的腰際向左，『左轉。』

「左……好好好！我轉！」林恭正趕緊左轉，夜已深，路上越來越荒僻，而左轉的馬路有四線道，相當新穎，是新建的道路，連紅綠燈都還沒正式啟用。

『說我是小偷時，你也沒怕過；抓著我的頭髮撞黑板時，你也沒怕過，怎麼現在失禁了？』林恭正喃喃說著，『一定要我死了，你才會怕嗎？』

「對不起！我已經說對不起了你還要我怎樣啊！」王有康逼近崩潰的喊著，「你活不過來了，不可能再活一次，既然這樣珍惜生命，你為什麼要跳樓！」

『我不想死的！』林恭正跟著咆哮，『可以生的話，誰要選擇死啊——活生生的地獄跟死後的地獄，你要選哪一個！』

王有康瞪圓了雙眼，路再往下一片漆黑，沒有路燈了，這條路的燈具都還沒接電，淚水模糊了他的視線，他為什麼會在這裡、為什麼載著死掉的同學、為什麼要去召靈！

「我哪個都不要……可以嗎？」

『我也不想要——』林恭正突然更用力收緊圈住王有康腰部的力量，『那你們卻強迫我住在活的地獄裡！』

「我——呃——」王有康痛苦的緊皺起眉，他完全無法呼吸，腰部被掐得死緊，他感到胃跟腸都快被擠出來了，「痛……好……」

連話都說不完全，好痛！他的腹部彷彿要被壓癟了，器官被往上擠，腰椎、腰椎骨快被折斷了！

王有康放開雙手試圖將機車壓倒，但是機車卻穩當的筆直前行，無人操控也行駛得順當！

『你們只是好玩、你們知道霸凌是沒有什麼罪的，真巧，我們也知道。』林恭正那張撞爛的臉貼上他的臉頰，讓王有康滿佈血絲的雙眼能從後照鏡瞧見他，『所以我只能讓你感受到一點點類似的痛楚……』

「對……對不起……」王有康哭喊著用嘴型訴說，淚流不止，再恐懼再害怕，他卻依然在林恭正的雙臂之間，脫不了身啊！

秦子祥！你知道對吧，你知道召靈失敗後會發生什麼事，為什麼不來救他！

『什麼事說對不起就有用的話，我就不必生不如死了！』林恭正尖吼著，驀地消失！

咦——瞬間失去了腰間的力量，王有康驚愕且措手不及的感受到空氣流進肺部，內臟不再受到壓迫，他的腰椎也沒有被折斷，只是在欣喜之餘，卻突然感受到機車陡然一倒，緊接著撞上了某個東西——糟糕！

沒有人操控的機車以高速嚴重撞擊上不明物體，王有康連抓都來不及抓住龍頭，整個人就往前飛了出去——剎！

十公尺外有個「停」的交通號誌牌子剛立好，該是漂亮的六角形鐵片上，現在插著一個飛來的人。

「呃……」王有康正插掛在上頭，交通號誌牌切進腹部，卡到腰椎停止。

斜倒掛的他嘴裡不停的湧出鮮血，腹部的血也疾速湧出，很快的染紅了白色的「停」。

『痛嗎？害怕嗎？』林恭正的聲音在黑暗中傳來，『哭啊，叫啊，想著自己快死了，你所有的恐懼跟悲傷，甚至淚水……都不及我們一個晚上的份量！』

我們？我們！為什麼林恭正一直說我們，除了他還有誰！

「啊啊……嗚……嗚嗚……」王有康什麼都看不見，他只覺得劇痛椎心刺骨，他快死了，嗚……天哪，他快死了！「救……救……」

口袋裡的手機又在震動了，他無法動彈的卡在號誌牌，手機不一會兒後，因不停的震動而滑出口袋，摔上地面並未碎去。

陌生來電閃爍著，然後鮮血自「停」上緩緩滴落，滴在手機上頭，啪答、啪答。

『好奇怪。』王有康最後聽見的，還是林恭正的聲音，『嗚，為什麼……為什麼我現在覺得還不夠開心？』

是她輕忽這些孩子了！原本在教室裡聽見他們說十一點召靈的，結果竟在 LINE 群組裡提前到十點，時間計算錯誤，才讓她失了阻止他們的機會。

真難想像，召靈這種事電影演得下場沒一個好的，為什麼他們可以這麼大膽啊！

「咖啡。」熱騰騰的杯子貼上葛宇彤的手臂，倚著牆雙手抱胸的她才抬首。「妳一臉快殺人的樣子。」

「我哪有！」她接過咖啡，杯子與心頓時一樣暖，「謝了！那個……」

「我去學校一趟了，警衛說有聽見聲響，立刻就過去查看，看見整棟樓的玻璃都落在水泥地上。」卓璟璿也端著咖啡，「同僚回報每一扇窗子都破了，但目前沒有入侵痕跡，至於有沒有東西被偷，得明天老師們上班才會知道。」

「不會有東西被偷的。」她擰眉，「你有看到嗎？」

「有，就博學樓那棟校舍，沒見什麼重重邪氣。」卓璟璿認真的聳肩，「大概妳沒在旁邊，我看得不那麼清晰！」

「喂，不要搞得好像跟我在一起，就會見著什麼不祥之物一樣好嗎？」她說自己說得有點心虛。

事實上磁場的確是會相互影響，以前林蔚珊也是看不到的人，但是跟她相處久了，她強大的磁場總是輕易牽引他人。

過去若是遇到有鬼魅在場，卓環璿待在她旁邊時，保證也是瞧得一清二楚。

「學生都進行簡易包紮，沒有大傷，家長也陸續抵達，我把事情發落給下面去應付了，該做的筆錄還是讓他們慢慢做。」卓環璿相當配合，「無論如何得讓他們耗到天亮對吧？」

「對，至少在警局待這一夜……」她嘆口氣，思及此又不耐煩的拿起手機繼續撥，「這死小孩，死不接電話是怎樣？」

「知道做錯事了吧？我看那些孩子嚇得不輕。」卓環璿話是這麼說，口吻裡沒多少同情，「半夜爬牆進學校召靈，這實在太難理解了。」

「他們不是最愛說年少輕狂？」

「那也得帶腦子。」卓環璿冷冷的應著，「啊對，另外四個人……什麼秦子祥的也找到了，在附近的麥當勞找到他們，正在吃宵夜，氣氛倒是挺和樂的。」

葛宇彤有點錯愕，「是怎麼樣的家人會讓孩子晚上十一點還在外面遊蕩吃宵夜啊？」

「大概是會讓孩子十點出門翻牆進校的家長吧？」卓環璿聳了聳肩，「更誇張的妳應該也見過，司空見慣了，孩子自己別捅漏子就好。」

問題是捅了啊！葛宇彤看著手機又進入語音信箱，切斷再打。

卓環璿是之前一件案子意外認識的刑警，當然也是跟兒福的案子有關，也都跟小孩有關聯；有疑似被後母虐待的「灰姑娘案」、有醃頭顱的「唱歌骨頭案」、更有唇紅齒白正妹一

枚的「白雪公主案」，樁樁件件都讓他們非常「有緣」的遇到一起。

想到之前那幾件案子，卓璟璿並不是很樂意，以前只信科學的他親眼目睹、並且也跟厲鬼面對面過，亡者、幽魂，每個他都看過了，作惡之人也罷，但有時出事的是孩子，不免令人感到難受。

尤有甚者，每件案子後都有失蹤人口，也總是下落不明。

葛宇彤倒是很高興認識這得力助手，不管是凶殺案還是虐童案，反正刺毛就是個可靠傢伙，體格精壯身材頎長，擁有一副俐落好身手，個性是有點嚴肅死板，但是她也沒在鳥他。

終年理平頭，根根頭髮如硬刺，她索性都叫他「刺毛」，這稱呼一開始惹得卓璟璿頗為不快，有名有姓叫他刺毛幹嘛？但是如果講會聽，這女人就不叫葛宇彤了，久了他只能放棄。

打從認識葛宇彤以來，他破過不少奇案，但是案子裡牽扯太多魍魎鬼魅、詭異離奇的現象，帶傷是基本福利，遇到厲鬼抓狂才是最頭疼的事，哪次不是在生死關頭中度過？

不過，他不得不承認，這是件很有趣的工作，在這世界上除了陽界的案子，冥冥之中還有許多想像不到的事物在運行。

「最近有錢人家有什麼動靜嗎？」思及此，葛宇彤想到了跟之前每件案子都隱約相關的顏家。

顏氏經營相當大的財團，事業橫跨飯店建築娛樂，這幾年經營的事業均蓬勃發展，在低迷的景氣中業績依舊長紅，也因此令人佩服其經營手腕；在賺錢的同時，顏家對公益也不遺餘力，做善事總不落人後，也因此跟兒福機構常有聯繫，日前更捐助了一百萬元。

只是跟他們扯上關係的人，幾乎都失蹤了！

「沒有什麼太大動作，除了要認養你們那邊安養院的小孩沒別的。」

「每次事件都有他們，讓我覺得疑雲重重！煩！」葛宇彤咕噥著，大口喝了咖啡。

「啊，對了，女學生們哭著說召靈中斷會出事，這是真的嗎？」他索性也挨在她身邊靠牆問著。

「照理說是，但我也沒召過。」葛宇彤無奈嘆口氣，「這不是單純召靈這麼簡單，他們一定還幹了什麼事，那邊邪氣很重耶，不可能僅僅是一個學生的怨而已。」

「我可以查查Ｍ國中以前出過什麼事、說不定他們把這個學校的靈都召來了。」卓璿立刻拿出手機紀錄提醒。

葛宇彤忍不住揚起笑容，霸氣的在他肩上用力一擊，「嘿！厲害了耶！立刻抓到重點！」

「妳無事不登三寶殿，都辦過幾件案子了，基本道理早懂了。」他連移都沒移半步，只是斜睨了她一眼，葛宇彤的力氣也不小，是平常有重訓的女人。「說吧，妳還要什麼？」

「林恭正死前的所有通聯紀錄。」她也乾脆。

「我不能給妳紙本，但等查到後我可以告訴妳……不過妳要死前多久的，每一通？妳知

道現在青少年每天可以傳多少 LINE 嗎？」卓璟璿皺眉，「班級或學校群組很容易拿，外面那票學生就有！這部分資料我剛拿了一份給林小姐，最後一天網路上寫的都是林恭正是小偷的事。」

「嗯……死前一週吧，關鍵時期，你們應該也有在查了。」她又喝了口咖啡，把手機收起，「王有康我不管了，看他能逃避到幾時。」

同一面牆，約五公尺遠的門開啟，走出打呵欠的林蔚珊，她步履蹣跚，也看見了他們。

「……咖啡？」她邊說又打了個呵欠，「為什麼有咖啡？葛宇彤，妳怎麼沒幫我買一杯！」

「呃……」葛宇彤看著手裡的咖啡，尷尬的笑著。

「啊抱歉，是我買的，我……我忘了。」卓璟璿也懶得找藉口，「我想說別打擾妳。」

林蔚珊有點無辜的嘰起嘴，看著眼前兩個人，逕自嘆了口氣，「我自己去買好了，順便醒醒神……葛宇彤，王有康找到了嗎？」

「沒接，非常有原則的不接就是不接。」她不想管了，「明天再說吧，反正還要去學校一趟。」

「嗄？去學校……那不行，我真的得回家睡一下。」林蔚珊擺擺手，往剛剛待的小辦公室進去，「明天再跟妳會合，我不睡不行！」

「我送妳回去吧？」卓璟瑢立即上前。

林蔚珊很快地把東西拿出來，揹上皮包，手裡一疊資料就塞給葛宇彤，「不必了，你們現在是在上班！我搭計程車回去就行了……這是LINE的紀錄，全部是網路霸凌。」

「網路霸凌不一定能構成罪刑的。」卓璟瑢嚴肅以對，「最多是提妨礙名譽。」

「都死了，名譽要拿來幹嘛？」葛宇彤冷哼一聲，這種罪根本不痛不癢。

敵不過霸凌者看別人痛苦的歡愉。

林蔚珊又交代了幾句，她精神不濟的難以專心，只叫葛宇彤不要擅自行動，因為她每次都擅自亂跑或是接觸孩童家人，不管她說幾次，葛宇彤也都沒在聽就是了。

她拿手機叫車，同時有名員警小跑步的奔來。

「卓警官，秦子祥同學他們都到了！部分家長也都陪同。」

「好！我就來。」卓璟瑢回首看向葛宇彤，知道她一定會想跟，「記住，妳——」

她挑起一抹笑，做出個拉鍊的動作，「閉嘴。」

這夜的警局相當熱鬧，國中生與家長分佔了所有筆錄室，而現在抵達的這批學生家長正在激動狀態，質問著警方憑什麼把他們家孩子帶來啦、妨害人身自由啦、只是吃個麥當勞又怎樣之類的。

噢，當然絕對有現在最流行的錄影跟投訴。

只是當警方終於有時間開口，表示學生翻牆進入校園後，校園玻璃盡碎，有證據證明他們逃離現場，只是希望他們來說明後，家長陷入尷尬的沉默後數秒，便分成兩種反應。

像大松的父親跟他一個樣，又高又大又壯，二話不說一拳就揮向兒子，三字經全部出籠，罵他翻牆做什麼、不學好成績爛，丟臉都到家之類的陳腔濫調；邱彥菱的媽媽則是低聲問著她原由？接著再反問警方：爬牆犯了什麼法？她只是去她念的學校而已，犯什麼法？

奇異果的爸媽沒來，秦子祥身邊也沒家長到，他們就默默的坐在一旁，看著家長跟警方的對峙吵鬧，活像把警局當百貨公司，隨時都能拍桌子叫主管出來填客訴單。

「非法入侵。」低沉男人嗓音傳來，西裝筆挺的卓璟璿由裡頭繞了出來。

不說那精壯的身材，光是那張嚴肅的臉孔跟刺毛頭，活像電影裡陸戰隊的人員，凌厲的雙眼散發著銳不可當的氣勢，有時候人與人之間的瞬間就決定在氣勢，至少剛剛咆哮的家長突然矮了幾公分。

「非法？那是她的學校！」邱彥菱的媽媽口吻變得柔軟許多。

「您半夜擅自進入您的公司，也是算非法入侵。」卓璟璿指向一臉滿不在乎的邱彥菱，「尤其他們全部是爬牆，也沒登記、不是光明正大從前門走的。」

「就——」邱彥菱不悅的抿了抿唇，媽媽突然擊拍她的背，「站好啦，妳那什麼模樣！蹺補習爬牆進學校？」

發現媽媽不挺了，邱彥菱突然變得乖巧起來，眼神偷瞄著秦子祥，要怎麼說啊？

卓璟璿要求他們四個一塊兒進入第一間小房間，跟家長解釋只是問問狀況，並不會有什麼案底，家長才放心。

「他們的家長呢？」卓璟璿看秦子祥跟奇異果。

「一個不來，另一個聯絡不上。」員警低聲回應著。

「不來？」葛宇彤忍不住狐疑的問著，「現在十一點半，孩子在警察局，居然有不來的家長？」

他們也都才十幾歲未成年啊。

「我爸媽不會管我啦！」奇異果說得很自然，「我是寄養的小孩，他們才沒空理我咧！」

咦？寄養？葛宇彤聽見了關鍵字。

「平常都這樣嗎？對你不理不睬？」

「會給我錢吃飯，其他都不會管我。」奇異果趴在桌上，下巴在交疊的手肘上搖晃著。

這有問題，葛宇彤默默記下，這案子得 PASS 給林蔚珊。

「我媽在工作，工作時不會開手機的，反正我一個人能打理自己。」秦子祥依舊一臉唯我獨尊的模樣，「好了，你們想問召靈大會的事對吧？我看班長他們都在，應該已經說了大概了吧。」

「召靈？」大松、邱彥菱的家長以為自己聽錯了。

這麼進入狀況？卓璟瓚立刻坐了下來，望著對面的秦子祥，「我們想知道玻璃為什麼會破掉，還有後來發生什麼事，你們怎麼離開校園的？」

秦子祥朝旁邊一瞥，果然一副老大姿態，「大松。」

「喔……就有黑色的東西從地底下噴出來，一下子就把玻璃震破了。」大松看起來有點緊張，「裡面有好多尖叫聲，我們嚇死了，秦子祥叫我們不要動，我們就都坐在原地沒走，後來那些黑色的氣就消失了，消失後我們也就爬牆出去了。」

「消失了？」卓璟瓚有點狐疑，「所以沒有任何東西攻擊你們？那黑色的氣體為什麼會冒出？召靈斷掉後就出事的嗎？」

「都是康哥害的，無緣無故鬆什麼手啊！」邱彥菱不爽的唸著，「不知道把什麼東西召喚出來了，幸好我們跟秦子祥在一起，不然就慘了。」

「秦子祥，你保護了同學嗎？」卓璟瓚沉著聲問，「為什麼只保護他們幾個，游雁然他們呢？」

「哼，我為什麼要照顧不服從我的人？」秦子祥挑起笑意，「我只照顧相信我的人。」

「對啊，老大最罩我們了！」奇異果又是一臉崇拜，「有老大在，不管血有多多、那些黑氣裡有多少東西，我們都不會有事的！」

喀啦，椅子拖曳聲響起，葛宇彤激動的站起來，「血？哪來的血？」

卓璟璿立刻回首，坐下啊妳！

她哪坐得住啊，為什麼突然有血？

「剛剛學生們說了，地上湧出很多血，他說的是這些血吧？」卓璟璿拚命用嘴型叫她安分點，轉回去時的神情立刻板起，「看來你好像知道不少東西，那知道血的由來嗎？」

「我沒有報告這件事的義務吧？」秦子祥大條不甩的別過頭去，「我是具有天賦的人，哪能輕易跟你們這些凡夫俗子說我的力量？」

「天賦？哎唷，又是什麼陰陽眼那套喔！」大松的爸爸連忙把兒子拉得遠一點，「你怎麼還跟他在一起啦，我就說這孩子腦子有問題。」

「爸，秦子祥很厲害的，我們每個人都看見林恭正了！」大松用力把父親的手甩掉，「他就是摔死的樣子，超可怕的，連額頭都凹進去，滿臉都是血，有一邊眼窩超扁的，鼻子也塌掉……不只是我，每個人都看見了！」

「阿彌陀佛阿彌陀佛！」邱彥菱的媽媽嚇得站起來，拽著女兒，「妳蹺課就是去做這件事？萬一被附身怎麼辦！」

「不會啦！我們只是想跟林恭正溝通，而且萬一有什麼也有秦子祥在啊！」邱彥菱一臉自豪樣，他們可是有位具有天賦的同學呢！

「就是，有老大在才不必怕！你看看康哥平常這麼秋，一看到林恭正的鬼魂還不是嚇得要死，鬆手把召靈圈打斷了！」奇異果竟咯咯笑了起來，「看他們尖叫逃跑時就覺得好蠢，不像我們這樣從容！」

「對對對！」大松雙眼發亮，「你有沒有看到康哥邊跑還邊跌倒！」

「有！超蠢的啦！」邱彥菱也大笑起來，外加擊掌，「他最呆的神情是在圈內，看見自己的血不見時，那張臉……可惜我不能拍照！」

……葛宇彤再度站了起來，斜前方的卓璟璿立刻反手向後，示意她不要輕舉妄動，這個連他都聽到關鍵字了。

「召靈圈內見血？」卓璟璿一字一字的問著，那票學生沒有特別提到這件事，他們只是語無倫次的重複著：地上冒出鮮血，黑氣上竄之類的。

面對卓璟璿正經八百的問題，學生們有點錯愕，「幹嘛？就跌倒啊！康哥想跑，大餅去攔他，兩個人扭打一陣後，康哥就摔上地了，超狼狽的擦傷。」

大松邊說，還邊示範康哥倒地的姿勢。

「血不見的蠢樣是？血好端端的怎麼會不見？」葛宇彤還是忍不住開口了。

「他手上也有些擦傷，但是一點點血落在水泥地時，登愣——」奇異果做了變魔術的舉動，「不見了！然後地上突然冒出一大堆血！」

房間裡鴉雀無聲，家長們冷汗從頰旁滑下，他們怎麼聽，都聽得出剛剛自己的孩子歷經了非常詭異的事件啊！

葛宇彤二話不說即刻奪門而出，這讓卓璟瓚連帶緊張的站起。

「今晚請大家都留在警局，以防萬一。」他開門見山的跟家長們說，「我們寧可信其有！」

兩個家長先是一怔，旋即意會，點頭如搗蒜，「是是，好好，我們就待在這裡，人多好……人多也好。」

卓璟瓚低聲交代下屬，匆匆的要追出去。

「想去找誰？」

正要關門，背後卻傳來悻悻然的聲音。

卓璟瓚緩慢的向右後看去，秦子祥歪著頭，臉上一抹冷笑。

「你覺得我該先找誰？」他挺直身子，凝視著那張既驕傲又得意的臉。

「我覺得呢，」秦子祥瞇起雙眼，「誰先流血，就該先找誰吧？」

第六章

王有康的屍體在凌晨四點多被早起的車子發現，他卡在「停」的標示牌上，鐵牌切入了他的腹部直抵腰椎，就差腰椎骨斷掉便可以將他腰斬於路。

他的機車在前方不遠處方向，推測是車速過快，機車先撞到東西，他往前彈飛，衝力加上重力加速度，讓他卡上了這新立好的牌子。

身上的血已經流乾，染紅了牌子，葛宇彤望著那「停」的字樣，有種不是巧合的糟糕預感。

人員鋸掉了交通號誌牌，將遺體送去解剖分析，王有康一雙眼瞪到最大，盯著某個方向。

「後座的人才會往前飛，騎士應該一起跌地才對。」卓璟璿對此百思不解，「再飛也不太可能拋飛這麼遠！」

「搞不好是被扔上去的。」葛宇彤不覺得這是單純意外，「別忘了我們現在有個陰氣森森的校舍。」

「是林恭正嗎？」林蔚珊帶著黑眼圈，咬著她的小籠包。

「不知道……這樣召靈真的會成功嗎？要不要來召看看？」葛宇彤很認真的思考可行

性，「我們三個應該就夠了吧，等一下——」

「我拒絕。」卓璟璿連聽都沒聽完，「想點正經的好嗎？明知有問題為什麼要去做？」

「我只想快點搞清楚這怎麼回事！」葛宇彤不耐煩的又灌起咖啡，遠遠望著那棟現在看起來再正常不過的博學樓。

早上七點，他們在學校會合，昨晚的事再度鬧得沸沸揚揚，奇異果把召靈的事情到處嚷嚷，網路上群組社團無一放過，能寫的地方通通都寫上了，關於林恭正的自殺、召靈大會，以及後來發生的異象。

這些人還不知道，王有康已經死於非命。

「在召靈圈裡見了血……我問我朋友了，就等他們回覆。」葛宇彤剛發 LINE，也終於明白昨晚打電話給王有康時，為什麼他遲遲未接了。

是沒辦法接。

「學生們的說法我概略整理出來，還有網路上的留言……在林恭正自殺那天，王有康是發言最多的。」林蔚珊把一整疊資料夾拿出來，「班長也說了，平時王有康就會找林恭正麻煩，欺負他，霸凌的事件也列在下面。」

王有康的 ID 是：WK，林蔚珊把他發文的部分用綠色圈了起來，在林恭正自殺當日，他發了許多難聽字眼，包括：尿失禁的髒鬼小偷這些名詞。

「尿失禁？」卓璟璿不免皺眉。

「是惡作劇，在廁所前朝林恭正褲襠潑東西，然後在走廊上大喊他尿褲子，讓林恭正一路走回教室時都被觀看嘲笑，還被拍照上傳。」林蔚珊很不情願的調出照片，「連我都找得到。」

葛宇彤隨便瞄了一眼，的確很像失禁，卓璟璿再接手，看見的是漲紅臉的林恭正，他幾乎都要無地自容了。

「這種玩笑太過分了吧？」他不悅的低斥。

「做出這種事的人才不覺得，他們就是希望林恭正生不如死，我打賭那時王有康一定在狂笑。」葛宇彤纖指在杯子上敲呀敲，「他現在應該就笑不出來了。」

「葛宇彤！」林蔚珊連忙出聲，她怎麼說話的？

「我說實話，我覺得昨晚他一定遇上了什麼。」葛宇彤無所謂的聳肩，「不只是在召靈圈裡流血的關係，這麼簡單就不會有一堆邪氣了……為什麼要找王有康？因為他欺人太甚，當初惡整他……」

林蔚珊悲傷的皺眉，「所有霸凌他的人，他都會找嗎？」

葛宇彤停住了敲紙杯的動作，緩緩看向林蔚珊，「他好不容易變強了啊！」

此時不找待何時啊！

「才十四歲，能這麼殘忍？」卓璟璿一臉不悅，「自殺是為了這種方式的變強嗎？」

「不知道！但中間有什麼環節，我昨天看見他時，他只是個普通的亡靈，看起來是不高興啦，但沒有那種殺氣！」葛宇彤自言自語，「都三天了才動手？要報復早就開始了！在等什麼？昨天下午出現、晚上才殺王有康——」

「召靈？」林蔚珊拔高了音說著，下意識指向十二點鐘方向的博學樓，「他們昨晚不是召靈嗎？是不是召出了什麼？還是讓死者起了變化？」

葛宇彤圓睜雙眼，立刻看向卓璟璿，「刺毛！昨天說的——」校園事件！

「查東西要時間的，我已經發落下去了，現在只能等。」卓璟璿打斷她的問題，這女人就是急性子。

「時間跟命會被等掉的。」她將手中咖啡一飲而盡，「走吧，先去確認到底多少人欺負過林恭正，今天要他們說實話！。」

她帥氣邁開步伐，一馬當先的往前走，林蔚珊憂鬱的抿緊唇，看起來士氣沒那麼高昂。

「怎麼了？」卓璟璿留意到她的無精打采。

「我覺得同學們不會說的，他們不會說出自己欺負人這件事，尤其如果知道王有康的事後。」她把玩著手裡的包包，「人都是這樣的，可以跳出來指責別人的錯，自己做的時候也可以樂在其中，但是沒有一個敢抬頭挺胸承認是自己幹的。」

「所以才要有妳們，才要有我們。」卓璟璿挺直背脊，「既然惡是必要的存在，那揚善

懲惡更是必然。」

世界之所以繽紛，就在於有各式人種各樣性格，美好與邪惡的事都會同時發生；很久很久以前有部電影曾演過，由電腦控制人的生活，將人類改造成只有喜悅善良沒有負面情緒的世界，卻是最快崩解的。

這世界就是這樣構成，也是這樣運轉，他之所以選擇成為警察，為的就是讓好人得以安居樂業，將壞人繩之以法，並期待有朝一日他們能走向好的那一方。

因為不是每個作惡的人都是自願的，家庭、環境、他的人生路上有許多不得已的因素，都會影響一個人的選擇；就像林恭正，十四歲的孩子懂什麼？真正艱苦的人生還沒開始，都還是不需要掙錢養自己養家的年紀，只需要念書上學的年紀，還沒有真正面對人生挫折的時候，為什麼選擇跳樓？

後面有一雙、甚至更多雙手，迫使他做了這個選擇。

自殺不該，但是把他逼上絕路的人，更是不能原諒。

望著挺拔的背影，卓警官總是如此正氣凜然，林蔚珊用力做著深呼吸，調整心情，在兒福裡接觸了太多這樣的例子，她也常因此心灰意冷，想的是為什麼單純的孩子一出生就要受苦、為什麼有殘忍不負責任的家長？為什麼沒有辦法制止這種在校園裡瀰漫的霸凌風氣？為什麼不能阻止林恭正這些孩子們的輕生？

多少次，總是看著遺體，去關懷其活著的同儕或是手足，但逝者已矣。

不過事情還是要繼續做下去，做得少，總比不做來得好。

囫圇吞棗的把手裡最後一口三明治吞下，她匆匆的追上前方那始終難以追趕的背影們。

二年一班的導師黃千瑀昨天受到攻擊後，精神幾近崩潰，她嚇得花容失色，跌撞出教室，由隔壁班老師攙扶離去，就再也沒出現；今天自然也請假未到校，要她再度站上這個講台，只怕會心有餘悸吧？

不只是她，班上有七個學生請假，對於昨天下午的異象，著實嚇到不少人。

「大哥什麼也沒做，只是威風的叫我們站起來，我們就去吃麥當勞了！」矮小的奇異果站在桌子上，活像古時天橋下說書的先生，「看看我們根本毫髮無傷，跟某些人不同！」

他邊說，大方的指向已經管不動秩序的班長。

是啊，班長僵硬的笑著，一場玻璃雨，他們個個割傷，一樣在同地點的秦子祥等人，居然真的毫髮未傷……這太詭異了！

如果說林恭正在保護他們，他還真想再把林恭正叫出來一次，給他一拳叫他醒醒——霸凌他最凶的是秦子祥他們耶！為什麼保護他們！

「你們真的跑去召靈喔！膽子怎麼這麼大！」同學們驚恐的說著，「游雁然，妳也……妳的臉還好嗎？」

右臉頰貼著塊紗布的游雁然根本懶得回頭，她逕自看著自己的書，段考也快到了。

「秦子祥，你真的這麼厲害喔！」原本不在乎的學生們也開始信了，「沒經過這件事我們真的小看你了。」

「呿，凡人！」秦子祥又是輕蔑態度，「你們都不見棺材不掉淚的，非得要出了事，逼我出手你們才會知道。」

「知道了知道了！」所有人幾乎都圍著秦子祥，「你說，林恭正現在還在班上嗎？他還會出手嗎？」

「這個嘛……」秦子祥沉吟著，若有所思卻欲言又止。「他情緒很不穩定，我現在還拿捏不準……沒事別惹他就是了。」

「誰敢惹他啊！」大家一陣哀鳴。

班長見班上鬧哄哄的，現在都已經上課十分鐘了，再這樣下去吵到隔壁班怎麼辦？導師今天請假，現在偏偏是早自習，也不見代課老師，他只好走上講台，下意識瞥了眼板擦。

林恭正，拜託，我們沒瓜葛的。

「好啦！同學！大家小聲點，別班在早自習了。」他敲敲黑板，「請大家回座位坐好！」

台下依然嘈雜，根本沒人在理班長說的話，他很無奈，卻也不知如何是好。

「喂！好了啦，召個靈吹噓得跟天神一樣？」大餅忍無可忍的出聲，「最後還不是失敗了！跟林恭正也沒溝通個鳥來，召靈還被破壞，我們也傷成這樣？」

「就是，我對這件事還是半信半疑！」暴牙妹跟著發難，「秦子祥你真這麼厲害，為什麼沒阻止那時的異象？該不會是巧合吧？」

「喂！妳胡說八道什麼！」奇異果氣得指向暴牙妹，「我家老大天賦異稟！他可以選擇只保護我們，而且地上冒出來的那些……說不定老大早就解決掉了。」

秦子祥這時永遠不必說話，他的代言人非常稱職。

「你們都是昨天親眼所見的，幹嘛還死鴨子嘴硬？」邱彥菱雙手托著腮，沒好氣的唸著，「承認他有能力很痛苦嗎？還是因為你們沒有？嫉妒？羨慕？還是酸？」

「這沒什麼好羨慕的，我可不想一天到晚看到鬼。」班長在台上接口，「只是昨天太多失誤，為什麼秦子祥沒有做任何補救動作？還是他根本不會？」

「不會？他昨天都能把林恭正叫出來，還能翻譯他說的話，這不是證實一切了嗎？」大松一擊桌面站了起來，敢說他兄弟？

「後面呢？他沒做什麼啊！召靈中斷後會發生什麼事我們都不知道！而且就算他真的會召靈好了，其他鬼扯淡我可不信！」暴牙妹繼續發難，反正她就是打從心底對秦子祥有意見，「什麼富二代？被迫在外面先過艱辛生活？父親是厲害人物？」

這是秦子祥的另一套言論，老實說，比陰陽眼那套還扯，所以他在校園裡相當出名，有

人說他是妄想症，有人說他患有精神疾病，一堆幻想出來的東西，卻催眠自己信以為真。

「我是！」秦子祥不爽的揚聲，他最討厭別人懷疑他，「事到如今你們還想繼續懷疑我？昨天的事還不夠嗎？」

班上一陣靜默，氣氛相當尷尬，召靈大會讓大家恐懼，今天來上學時發現整棟博學樓玻璃都沒了更教人傻眼，加上奇異果一整天努力的到處宣傳秦子祥的「神蹟」，只是加深大家的恐慌罷了。

「哇！有錢的富二代、陰陽眼、驅魔？我都不知道你來頭竟然這麼大耶！」葛宇彤踩著噠噠步伐由後門進入教室，伴隨著擊掌聲，「昨天不是才說你媽媽在工作？家境不好得兼大夜？」

誰？秦子祥怒而回首，看見葛宇彤跟卓璟瑨忍不住握緊飽拳，他看這些警局跟兒福女人就是不順眼！

「我爸會來接我們的，他是很有錢的人，因為不得已的原因還不能接我們走。」秦子祥咬著牙說，「你們都不該小看我的。」

「是嗎？」葛宇彤看向仍站在桌上的奇異果，這位就是宣傳戰將吧？

卓璟瑨上前拉住她的手腕，剛剛明明講好由他出面的，她怎麼一進來就暴走了，話應該由警方來說吧？而且她一副要找人吵架的模樣。

秦子祥不屑的別過頭去，「我有什麼能力我自己清楚，平時主要是陰陽兩界的溝通。」

「噢，是了，那昨晚你為什麼什麼都沒做？」葛宇彤穩健的走向秦子祥，走道上的學生紛紛讓開，「沒跟林恭正溝通好，沒解決那些自地底湧上的東西？」

秦子祥皺眉，「我說過我才不會保護不服從我的人，班長他們就一點輕傷，算不了什麼，我只要保護奇異果他們就好了。」

「我不是指這個。」葛宇彤站地在他身邊，與之四目相交，「我說的是林恭正……以及你們召出的其他東西！」

其他東西？秦子祥蹙眉，緊繃著身子與之對望，反倒是前面的邱彥菱有些不安，「什麼其他東西？」

「康哥呢？怎麼沒來上學，他不是召靈的一份子嗎？」葛宇彤優雅轉了半圈，面對著全班同學。

班長點點頭，「昨天他也算嚇到了，我能理解他請假不來的原因，連導師都……」

葛宇彤沒接話，朝教室底端扔出一記眼神，卓璟瓚準確接到。

「大家好，我是刑警，今天很遺憾來通知各位關於王有康車禍身亡的消息。」他平靜的說著，卻在班上引起了大浪。

每個學生從錯愕到驚駭，緊接著意會過來的召靈夥伴忍不住跳了起來——康哥死了！

「什麼時候的事？」大餅激動的跳起，「他昨天、昨天……」

「死亡時間是昨晚，應該是與你們分別之後，騎進了未設置路燈的新路，機車撞到物體後，整個人拋飛出去，撞上號誌牌後不治身故。」卓璟璿輕頷首，「我很遺憾。」

「天哪……」游雁然當場就哭了出來，康哥怎麼會好端端的出車禍呢？

「新路……是大賣場那邊嗎？」小皮微弱的出聲，「那邊不是……康哥家的方向，他去那邊做什麼？」

「這我們不清楚，只知道在號誌牌上找到他時，他已經失血身亡。」卓璟璿悄悄瞥向秦子祥，試圖從他的神情中捕捉到情緒，「我不得不說，死法相當離奇，所以想請大家留意自身安全。」

大松皺眉回頭看向卓璟璿，「什麼叫死法相當離奇？」

「而且你剛說在號誌牌上找到他？為什麼用上面形容？」邱彥菱也沒錯過。

「因為，他是插在號誌牌上的。」葛宇彤很滿意大家會提問，手往肚子一劃，「他插在交通號誌牌上，就掛在上面，幾乎腰斬。」

「噫——」學生們不免尖叫，有人光聽就開始乾嘔，林蔚珊趕緊上前安撫。

「妳不要嚇他們！」林蔚珊忍不住制止葛宇彤。

「我說實話，我又沒拿照片給他們看。」葛宇彤再轉了半圈，重新面對秦子祥，「你為什麼沒有處理這件事？你明知道那些東西會去找康哥吧？知道林恭正不想放過霸凌他的人——」

什麼？有這條嗎？卓璟璿跟林蔚珊莫不驚愕的看向葛宇彤，跟講好的不一樣啊！地上冒出來的東西殺了康哥這個他們還能理解，但是她什麼時候確認秦子祥知道這一切的？

難道——

「不會放過……霸凌他的人？」大松一字一字喃喃重複。

好幾個學生忍不住掩嘴，臉色鐵青的坐下，他們雖不是主犯，但是對於協助欺負弱小，也從來沒錯過就是了。

而且這個彤大姐說了，康哥是被林恭正……殺掉的？

「等等！等一下……一個怪力亂神已經夠了，為什麼妳也要這麼說？」游雁然哽咽的起身跑了過來，「林恭正不會這麼做的，害同學？妳現在指控一個鬼……鬼殺人的事！」

「為什麼不可能？游雁然，昨晚的事妳都看見了啊！」奇異果倒是不以為然，「林恭正的鬼魂就在我們面前！妳親眼所見！」

「是，我看見了，但我不相信他會這樣……」她掩著嘴，淚如雨下，「妳說得好像他、他要開始報仇似的。」

葛宇彤只是向右淡然的看著她，游雁然從來就不是她的重點。

「大哥。」邱彥菱緊張的拉拉秦子祥，他怎麼不說話呢？「你真的知道那些東西去追康哥了？」

是啊。你知道嗎？葛宇彤等待著這個回答。

「知道又怎樣？不知道又怎樣！」奇異果突然出聲，從桌上跳了下來，「大哥沒有義務幫康哥吧？那是康哥跟林恭正之間的事！」

他很快地衝過來，硬卡進葛宇彤與秦子祥之間，像是要護著他的偶像，當他不客氣的把葛宇彤硬撞開時，她只是踉蹌兩步，看得出奇異果對秦子祥相當的崇拜。

「對，我不在乎，林恭正跟王有康之間的恩怨，他們自己去解決。」秦子祥終於出聲，深吸了一口氣後幽幽看向葛宇彤，「我只庇護我在意的人。」

秦子祥？游雁然瞠目結舌，他真的知道有東西去追殺康哥而袖手旁觀？

「眼睜睜看著同學被追殺啊……」葛宇彤搖了搖頭。

「我有想保護的人，康哥不在內、游雁然、暴牙妹，或是班長他們都一樣。」秦子祥昂起頭，「林恭正要找誰算帳是他的事，我才懶得理！」

「那你們就不怕嗎？」班長忍不住低吼，「拜託，霸凌他最嚴重的是你們耶！」

只見奇異果高傲的昂起笑容，「才不怕，因為大哥在！」

「對！」大松身子緊繃卻還是靠近了秦子祥，「對，我兄弟在，他會保護我們。」

邱彥菱嚥了口口水，伸長手，奇異果即刻握住，大松再包住奇異果的手，後方秦子祥泛起微笑，包握了他們三個人的手。

一時之間，平時陌生的、不熟的同學紛紛湧上，拜託秦子祥能一起庇護他們！他們或多或少都有冷眼對待過林恭正，就算沒有，也不希望受到傷害啊！

葛宇彤沒幾秒就被圍上的學生們推擠向後，連站的地方都沒有被越逼越遠，還是游雁然上前將她拉開，往講台的方向帶。

林蔚珊望著紛亂的現象，她好像看見一場造神運動。

「我不想死！我不想半夜起來看見他來找我！求求你幫我！」

「秦子祥，你要什麼我都能做到，我上次藏了他的飲料！他會不會……」

秦子祥得意的笑著，享受著被人包圍崇拜的快感，斜眼睨向前方的葛宇彤，那眼神裡盈滿的是挑釁，笑容裡是喜不自勝。

「太扯了……」大餅無可奈何，「我再怎樣也不能相信……康哥真的死了嗎？」

葛宇彤點點頭，「我怕接下來還會有事，你們昨晚召出的可不只是林恭正。」

「那些黑色的東西嗎？」小皮抬首，他倒是從容，從頭到尾沒離開過位子，「裡面有好多尖叫聲，聽起來不止一個人。」

「反正我們不怕，我們又沒欺負過林恭正。」班長走下講台，卻說得每個字都在微顫，

腳還有點軟。

那可不一定，葛宇彤在心中想著，得先搞清楚他們召出的是什麼，在這所學校裡，曾有什麼被觸發了。

「在吵什麼？！」

走廊上驀地傳來吼聲，所有學生頓時停住，往外看去是陌生的老師。

「你們在幹什麼啊？上課鐘都敲多久了！快點回座位！」男老師氣急敗壞走進教室，「我只是晚點到，臨時接到代課通知……你們沒大人就亂成這樣？」

代課老師嗎？葛宇彤朝他微笑打聲招呼，立刻朝著教室底端走去。

「你們是？」老師並不認識他們，葛宇彤即刻把卓璟璿往前推，代表代表。

他不悅的皺眉，這種事就知道要他代表了？「刑警，我們來通知並調查昨晚案子的後續，還有關於王有康的事。」

「啊啊……」代課老師面露難色，「是啊，那大家都知道了吧？王有康昨晚車禍身亡了，你們很多人還不會騎車，以後會的話一定要注意！」

「他才不是車禍死的咧！」有白目說話了，「秦子祥說他是被林恭正殺掉的！」

嘖，葛宇彤雙手抱胸靠上牆，學生就是天真。

「又在說什麼……秦子祥！」代課老師果然也認得秦子祥，「你又在怪力亂神什麼？」

「是真的啊，王有康以前鬧過林恭正，欺負他也是不遺餘力，他怎麼會放過？」秦子祥悠哉悠哉說著，「不意外就是了。」

「閉嘴！你又在製造恐慌了！」代課老師厲聲斥責，「我知道同學接連死亡讓你們很難過，但是大家要理智，事情不要以訛傳訛！林恭正家裡不讓他買手機，一時想錯才會——」

驀地一個人影向前走去，「這是錯誤報導吧！請收回你的話！」

葛宇彤跟卓璟璿莫不瞠目結舌的看向右手邊走出去的林蔚珊，她依然用著溫柔的聲音但極為堅定的語氣，要求代課老師收回話語。

「這位小姐，妳……我沒有說錯啊，林恭正同學的確是因為一時的情緒不穩——」

「那是學校刻意想河蟹掉的！不想讓校譽受損，不想讓霸凌的事浮上檯面吧？」林蔚珊難得如此堅定，「他的父母也是被校方影響說服，事實上他們覺得這中間有諸多疑點，他們相信孩子不會因為區區一支手機選擇結束失命。」

代課老師不耐煩的想要繼續反駁，卓璟璿適時上前，「我們確實收到死者家屬的請託，要求調查這件事情。」

警察一開口，代課老師就不知該如何繼續說下去，但是他眼神裡帶著困惑，只怕也是被校方蒙蔽的人之一，誤以為真的有人會因為手機而跳樓自殺。

「看來林恭正要對付的人可多了！」秦子祥突然語出驚人，「連自殺的原因都被人掩蓋！」

咦？葛宇彤突然一怔，這句話是什麼意思？

「對啊，居然用假的理由？可是我在新聞上有看到導師耶，她不是說林恭正因為不能買哀鳳所以情緒低落嗎？」學生們開始交頭接耳。

「所以導師說謊？」

學生們大部分是相信新聞的報導，因為新聞裡有林恭正的家長、有導師、輔導老師、教務主任，也有校方，這跟霸凌者又是兩碼子事了。

「這會不會就是那天板擦飛起來攻擊導師的原因！」不知道是誰，突然憶起昨天下午的事，「因為導師她……」

下一秒，幾乎全班的視線都集中在某個人身上，盼望著能有個答案，畢竟班上唯一看得見的人就只有他了。

秦子祥彷彿沉吟一般，嘴角卻挑著令人厭惡的笑容，筆端在下巴上點呀點的，眼神流轉，他的確很享受這種被注目的感覺。

他原本就該被如此崇敬畏懼，獨特的人就該受到獨特的尊榮。

「我如果是學校，我最好開始擔心了。」秦子祥向後靠上椅子，仰著將椅子當搖椅向後靠，「偽造林恭正的死因，把他寫成白痴，如果是我應該也不會太爽——尤其，他現在已經殺了一個，就不在乎再殺第二個。」

「咦！天哪！」幾個人倒抽口氣細聲尖叫，拚命回想著自己到底有沒有欺負過林恭正！

「那我們該怎麼辦！秦子祥，有沒有辦法可以自保？」

「秦子祥，拜託你，告訴我們方法吧！」

眾人你一言我一語，不理睬代課老師在上頭要求安靜的話語，急著向秦子祥求救。

「拜託一下，你們真把他當神喔！」大餅不爽到極點的起身，回頭朝秦子祥一指，「根本就是危言聳聽，神經病神棍一個！我才不信！」

餘音未落，他頭上方的日光燈管竟然整個從燈座鬆脫，朝他的頭掉了下來！

「呀！」兩旁的學生嚇得起身後退，燈管脆弱，砸上大餅的頭立刻折斷碎裂，碎片向旁噴灑，彈到其他學生的身上；大餅悶叫一聲，區區燈管是不會多疼，就是玻璃斷口割傷了頭皮，鮮血一下子就流了出來。

「小心！大家不要碰！」代課老師見著碎片到處都是，連忙下講台阻止，「你不要去撥，老師看看！」

「哇……」大餅感受到血流下額間，伸手一抹就是一掌紅。

游雁然立刻從抽屜搬出一大包衛生紙圍了過去，有人圍住有人退開，更有人交換驚恐的神色……是否不能反秦子祥？大餅才吼了一句，裝得好端端的日光燈管怎麼可能掉下來！

林蔚珊看得焦急，急忙想往前去幫忙，怎麼身後的葛宇彤居然一個旋身，直接朝後門疾走而出。

「咦？葛宇彤？」林蔚珊錯愕不已，她要去哪裡？「妳怎麼了？」

「大餅沒什麼事，我們要在意的是導師，黃千瑀！」她回過身倒退著走，「秦子祥說得沒錯，如果是林恭正下的手，不只是霸凌他的人是目標吧？還有關於他自殺的報導——誰會爽啊！」

卓璟璿也跟著追出來，「那天採訪的人有誰？校方是誰主導的？」

「導師、那個輔導老師，還有教務主任！」這方面林蔚珊最熟，「事發第一天時，教務主任還很認真的跟我說是手機的緣故。」

「我們先去找導師，我要是林恭正，第一個找她！」葛宇彤即刻正首往樓梯下奔去。

他們要先去黃千瑀的住所，昨天下午板擦的攻擊，至少她們兩個是看在眼裡的！

離開博學樓往右邊走，經過穿堂後，行政大樓恰與停車場對望著，就在門口處。

「那個……」卓璟璿狐疑的蹙眉，「那個是正常的嗎？」

葛宇彤驚愕的看著一點鐘方向，五十公尺遠的行政大樓——博學樓今天之所以這麼乾淨，是因為它們全籠罩到行政大樓來了！

開始了！

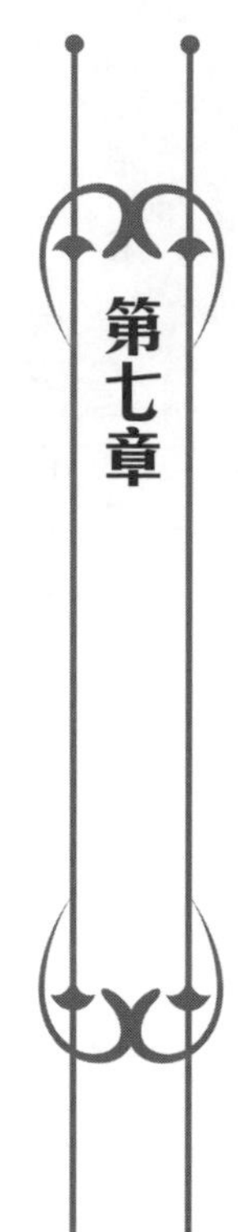

第七章

「兒福的又來了？」教務主任瞪著雙眼，「誰讓他們進來的？」

「訪客就只要登記就好啊，上次有位刑警今天也跟來了。」校長秘書也凝重的皺眉，「他們沒來找我們，直接跑去二年一班了。」

「跑去那邊做什麼……天哪，事情不是應該落幕了嗎？」教務主任顯得很不滿，「家長也沒再說什麼了，那就是個自殺事件，他們到底想做什麼？」

「好像認定是霸凌導致學生自殺的，昨天晚上聽說學生還跑到博學樓下召靈，有人想召出學生的……魂魄，詢問他為什麼自殺。」秘書語重心長，「他們再這麼鬧下去，又把記者弄來了可怎麼辦？」

「不行！自殺就是自殺了，都沒有記者來拍了，他們鬧什麼？快點請他們離開……」教務主任頓了頓，「等等，不要打草驚蛇，就說我請他們來一下，要問昨天的事！」

「好好！」秘書雙眼一亮，點點頭回身就去辦事了。

教務主任邊碎碎唸邊搖頭，等等得軟軟的警告兒福的不要再多管閒事，刑警就更怪了，

自殺案有什麼好繼續追查的？教務主任原本想去倒個水，最後決定先去廁所一趟。

學生自殺是最麻煩的，不管校內還是校外，校內自殺是最討厭的，記者蜂擁而上，卯足了勁想找學校或老師的碴，究竟是誰管教不當、誰逼他上絕路，巴不得從雞蛋裡挑出骨頭來，越大根越好。

幸好最近有其他重大新聞，區區一個為手機自殺的學生就不會有人再追查太多，這可是他跟秘書精心撥打的算盤，絕不能讓兒福多管閒事的傢伙給毀了……不管背後原因是什麼，既然已經死了一個學生，就不該再讓後續事件擴大。

站在小便斗前，他在腦海裡沙盤推演，等等該怎麼跟那些人說，請他們不要再來學校了……要調查，請經由校方，不要擅自到學生班級去，尤其今天黃老師請假，在沒有老師的陪同下，他們實在不應該……

有人進了廁所，腳步有點重，還帶著些許水聲，教務主任正巧把拉鍊拉起，正準備回頭打聲招呼，這層樓都是同事，人際關係是很重要的。

後腦勺猛然一股推力，將他往眼前的牆壁砸去，砰！

「啊！」教務主任前額立刻敲上雪白瓷牆，咚的一聲，疼得他腦子裡嗡嗡作響。「誰！幹什……」

他痛得回頭，看見的卻是頭顱裂開的男孩。

剎那間，什麼「召靈」、「亡魂」、「冤魂未散」的字眼，一併浮現在他腦海中了。

「叫你回嘴？」沒料到旁邊還有人，一隻手冷不防抓著他所剩無幾的頭髮，直接就往廁所深處拖。

「哇啊——哇等等——」教務主任慌張的伸出雙手想扳開抓住他頭髮的那隻手。「惡作劇！這一定是惡作劇！」

他的聲音在廁所裡迴盪著，人仰躺著被拖往最後一間，男廁裡也不過四間帶門廁所，在他抵達最後一間時，前頭的三間一間接著一間開了。

裡頭走出的一張臉，無論怎麼看都不是人的學生。

穿著是學校的制服沒錯，除了林恭正外他都沒看過！但個個臉色徹底的白，與林恭正不同的是他們看上去都沒有外傷，不若他滿臉鮮血涔涔的流不停。

「夢！夢！這是幻覺，嚇不倒我的！」教務主任喊著經典電影台詞，用力閉上眼睛，再睜開一定瞧不見！

砰！他被拖進了最後一間廁所，看著三個非人的學生聚到了門口，爭相著要走進來。

『為什麼說我是為了一支手機自殺？』林恭正的聲音陡然從廁所裡傳來，教務主任嚇得往角落看去，曾幾何時他已經站在那間廁所的角落。

「不是，你本來就是……你不是想要一支哀鳳被拒絕嗎？心情很不好……」他在做什麼

啊！他在跟、跟鬼說話嗎？

『說謊！他嫌你是個麻煩！』其他的學生開口了，『他要維持校譽，反正你人都死了，不需要名譽！』

「不是、不是……這本是主因啊！」教務主任大喊著，拉著他頭髮的力道強迫他扭身，他狼狽的變成狗爬式趴在廁所裡。

下一秒，被壓進了蹲式馬桶裡。

『幫他洗洗腦子吧，哈哈哈！』

『你明明知道他們在FB裡寫他是小偷的事！』

『你們根本都知道他是被欺負的！』

『為了自己安寧，視而不見！』

「哇啊……噗嚕嚕……」水自動沖洗，教務主任整張臉被壓在裡頭，被水嗆得幾乎不能呼吸。「停……停……」

他舉起手示意停止，對方還真的停了，撐著身子趴在馬桶上方，他難受的抹著臉，這種難受的嗆鼻，不是幻覺啊！

『是誰跟你說手機的事？』林恭正蹲了下來，教務主任不必抬頭便可以看見他那摔碎如橡皮水管般軟癱的四肢，『輔導老師？還是導師？』

「呃……」教務主任緊張得說不出話來，戰戰兢兢的抬頭，「我們、我們得找一個說詞啊！不然要說什麼……你要瞭解，一旦說出霸凌的事，不只是我，你的導師、還有很多人都要負責的啊！」

『所以就可以這樣把他寫成傻子？』其他的學生們尖叫著。

「可是……那種事我們怎麼管得了？這是你們同儕間的事情，我們又不能二十四小時守在你們身旁，你們該自己負責、該自己處理啊！」教務主任有點惱怒的低吼著，「不能期待我們幫你們解決任何事吧！」

『是不能，我沒有期盼過。』林恭正倏地捧起教務主任的臉，『但我也沒有期待變成這樣！』

那摔得裂開的臉龐與頭顱，從來不是他所想要的！

同樣的力道再度抓住教務主任的頭髮，只是這次沒有往水裡壓，而是將他往白色的蹲式馬桶上敲去。

『這不代表你可以亂捏造他自殺的事實！』背後那個抓著他頭髮的人，聲音是低沉渾圓的，聽起來竟有點熟悉，『不代表你可以忽視校園裡的事件！』

『讓他體驗我們的經歷！』一旁的長髮女孩尖叫著，或是尖笑著。

咚、咚、咚、咚……教務主任連掙扎都沒有辦法，一寸都拉不開，就這樣被揪著頭髮使勁的

往白瓷馬桶上敲，他的右手極度慌亂的想反制抓著他頭髮的那隻手，卻只握到那粗壯肥厚的手，掰也掰不開

「救……救命！這太開玩笑了，不甘我的事！」教務主任痛得大吼，白瓷上已經開始沾上紅血，「冤有頭債有主，你們要去找逼死你們的人啊！」

啪刹，他猛然被拉起，只是這次林恭正的身影已經消失了，他面對的是抓著他的那個人。一般人的兩倍大，漲到發紫的皮膚，還有那一笑就冒出水的嘴，抓著他衣領左手腕上，有一處深可見骨的傷痕。

不……教務主任瞪圓了雙眼，不可能！現在是早上八點鐘，怎麼會有這種事——「你已經——」也是教務主任掩蓋的。

『你以為欺負死人，就不算欺負了嗎？』

肥大的手掌再將他往馬桶上敲去，咚的一聲劇痛直襲，鮮血濺了出來。

「哇——哇啊啊——哇——」

校長秘書從容的下樓，才從行政大樓步出，就看見了隔著寬大校內馬路、對面正在倒車

停車的綠色車子；輔導老師的車子顏色相當特別，深葉綠色，全校唯一的特別色。

輔導老師也看到從行政大樓樓梯走下的秘書，兩個人互相點頭打招呼。

秘書向左轉，要前往博學樓找葛宇彤及卓璟瑨他們，這些外人都不知道他們的辛苦，平靜的生活才是最重要的啊！

「老師。」驀地跑來一個女學生，手上抱著一本書，「老師，我可以請問問題嗎？」

「啊？」秘書有點錯愕，「妳應該去問老師的吧！不過我應該也會……要問什麼？」

「這個。」女學生遞上本子，秘書才留意到那是一本泛黃的筆記本，詭異的是筆記本的邊緣還有著被燒過的痕跡。

他皺眉，看著筆記本上用紅筆寫的幾個潦草歪斜的字：「為什麼要忽視我們自殺的主因？」

咦？秘書驚愕的抬首看向學生，女孩子低垂著頭，終於緩緩抬起——咦？

「嗯？」輔導老師透過擋風玻璃看見秘書突然站在路上一動也不動，剛倒好車的她有點狐疑，秘書低著頭望著自己手掌做什麼？發生什麼事了嗎？

她車子尚未熄火，瞇著眼想瞧清楚，駕駛座窗邊突然有人急促的叩了車窗，嚇得她失聲尖叫！

「哇呀！做什麼！」她在原位上跳了一下，拍著胸脯往左邊窗外看去，穿著學生制服的

男孩站在她車邊，用指節使勁不停的敲著。「喂！誰啊！」

她驚懼不爽的回敲了玻璃窗一下，有人這麼冷不防的嚇人嗎？皺起眉頭才準備看清楚找她的學生是誰，對方相當主動的雙掌砰的貼上玻璃窗，輔導老師看見的卻是染滿鮮血的手掌……緊接著一張臉倏地貼了上來！

頭破血流、爛掉的臉緊貼著她車窗玻璃，凹陷的大眼正盯著她——輔導老師張大嘴停凝，與那張摔爛的臉僅一片玻璃之隔！

「林……恭正？」她喃喃逸出這幾個字，怎麼可能，林恭正已經死了啊！

腦袋一片空白，此時車外的人居然重新直起身子，這一次不是叩窗，而是直接扳動她的車門，意圖打開她的車！

「哇呀！你走開！走開——是他們叫我說的！」輔導老師心底明白為什麼林恭正會來，「他們問我之前你有沒有找我說過什麼，我隨口說手機的事而已，我真的沒有想到他們會用這個當理由！」

緊接著右手邊的車門居然也開始出現扳動聲，她倉皇失措的向右看去，右邊也有人在拉她的車門，伴隨著拳頭擊窗！砰砰砰！

不不不！她只是聽話而已，主任說這事關校譽，不能夠把真相說出去，而且、而且萬一真的是霸凌事件，她也會有問題，為什麼會輔導學生輔導到跳樓呢？

中午輔導，下午跳樓，一定是她輔導不周！

由於鑰匙尚未取下，輔導老師飛快地重新發動引擎，涕泗縱橫的就要逃離！

「我還年輕，我、我想繼續教下去，不能因為這件事變成我的汙點！」輔導老師慌亂的不能自已，車子先是向後倒車撞到了後面的車子，又向左碰撞、再向右，就是開不出去，「那天你明明說沒事的，你為什麼跳樓！你這是在陷我跟導師於不義啊！」

巨大的碰撞聲也沒有影響到秘書，他瞪大雙眼與臉色蒼白的女學生對望，女孩子有雙濕潤卻翻白的眼睛，還有清晰可見的學號與姓名……

「為什麼……為什麼是妳？」秘書發顫著向後退了一步。

『回答我啊，老師……』女學生幽幽的問著，往前又近了他一步。

回答，秘書嚥了口口水看著手裡的本子，恐懼的搖著頭，「我不知道！妳明明就是燒炭自殺的，我沒掩蓋什麼……妳走開！走開啊——」

秘書想逃，但是才走一步，女學生立即追上堵住去路，嚇得他幾乎無處可逃。

附近學生們被車子碰撞聲引得側目，有人直接走出教室，到走廊上觀看，而跑出穿堂的葛宇彤看向左邊停車場裡那台橫衝直撞的綠色車子、再看向右邊拔腿繞圈狂奔的秘書，伸手擋下身後的人。

「你們在這裡不要動，千萬不要再往前！」她邊說邊從肩包裡抽出了一把貼滿符紙的西

瓜刀，旋即將包包扔地，「不許過來喔！」

卓璟璿皺起眉，「喂，在學校裡妳帶什麼開山刀啊！」

「這是西瓜刀啦！你是要我說幾百次！」

葛宇彤立刻往前衝，眼神望著右邊的車子，她決定先去找秘書，他身邊那個黑影比較好解決……而且，開什麼玩笑啊，根本不只林恭正一個好嗎！

綠色車子邊全是邪氣、秘書身後就有一個明顯的黑影，這不是一個亡者，是好幾個吧！

「走開走開！」秘書幾乎是往大門方向狂奔的，警衛都已經站了出來，一臉錯愕的不明所以。

因為在他的眼中，只看見秘書一個人在原地繞圈啊。

「進去！」葛宇彤揮著西瓜刀指向警衛，誰叫他一副要去幫綠色車子的模樣，「進去躲好，不要出來！」

警衛什麼都沒聽清楚，他只看見一把刀在揮舞，一個女人凶巴巴的衝來，還有「進去」這個字，嚇得閃身就躲回了警衛室，抱著電話報警，並躲在桌子底下。

「停——」葛宇彤左手拉住秘書的衣袖，刀子硬卡進秘書與女學生之間。

這麼近，她隱約可以看見女孩子的模樣……是學生，身形輪廓並不清晰。

『走開，不關妳的事……』女學生咬牙切齒的，『少打著善良的嘴臉，你們根本什麼都不懂！』

面容她是瞧不清，但現在她眼裡的學生兩個眼窩跟嘴巴形成三個圓形的黑洞，像是咆哮或是怒吼的對著她……生氣了嗎？

下一秒女學生意圖撲上，葛宇彤二話不說把秘書往左手邊甩去，右手握著的西瓜刀轉了半圈，以貼有符紙的刀面啪啪俐落賞了女學生兩巴掌。

『呀——哇呀——』女學生捧著雙頰，痛苦的慘叫著。

「自殺的亡者囂張什麼！」她擰眉拿刀指著女孩子，「我不管原因是什麼，就是不能動活人！」

『妳不懂——妳根本什麼都不懂！』女學生痛苦的咆哮著，『活人就可以欺負活人，為什麼死人都不可以——』

多說無益，現在不是時候！葛宇彤伸手才要推著秘書離開，怎麼左手邊的喇叭聲突然刺耳的響起！

「不對勁！」卓璟璿握緊飽拳，連回頭都懶，「林蔚珊，妳在這邊制止任何學生老師上前幫忙或看熱鬧！」

「咦？」林蔚珊一怔，「葛宇彤說不要上前啊！」

「妳又不是不知道，那女人做事不經大腦的！」卓璟璿話都沒說全，拔腿就往前衝。

停車場裡的綠色車子胡亂衝撞，葛宇彤完全沒注意到車子要繞出來了嗎？那速度根本不是該在校園裡的速度！

輔導老師幾近瘋狂，用力轉動方向盤，車子終於撞開某台礙事的車子後端，她方得以離開，她一邊尖叫一邊哭泣，拜託不要跟著她！

「我只是聽命而已！我不想要這麼做的——」輔導老師哭喊著，人幾乎要趴上方向盤了，拚命壓著喇叭，「放過我放過我！」

『對妳來說，生涯比我被霸凌的真實來得更重要嗎？』

喝！輔導老師驚恐的瞪大眼睛，為什麼聲音從車子裡來的？

她立刻直起身看向車內的後照鏡，鏡子裡映著那雙無神的雙眼，還有裂開的臉龐，她倏地回頭，看見林恭正就坐在她車子裡！

「走開！你是自殺的，不關我的事！」輔導老師失控崩潰的尖叫著，「走開走開走開！」踩足了油門，她筆直衝出了停車場。

叭——喇叭聲長鳴，葛宇彤與腳軟的秘書緊急回首，卻只看見那台綠色轎車朝著他們直衝而至。

「跑啊！」她推著秘書往前跑，但是兩隻腳永遠不可能敵得過疾速的車子。

敏捷的身影飛快地衝至，圈抱住葛宇彤後往前翻滾而去，巨大的撞擊聲旋即在耳邊響起，緊接著是金屬碰撞聲，葛宇彤不知道自己翻了幾圈，只知道有東西護著她，不至於摩擦撞地。

「呀——」

尖叫聲迴盪在整個校園中，臉部朝地的她痛苦的緩緩睜眼，有人正拽著她往後。

綠色的車子撞上校內的標示牌，車前頭撞得稀巴爛，火舌正從引擎蓋冒出，她的意識迅速恢復清明，火……有火！車子會爆炸！

「起來！」耳畔傳來嚴厲吼聲，下一秒她整個人被架起。

「起……好！」忍著疼，她曲著雙膝被半拖半拉的往警衛室的方向去，那剛好是個往左轉，凹進去的角落，良好的掩護點。

另一頭的林蔚珊尖叫著叫大家離開，火竄出了引擎蓋，車子隨時會爆炸。

混亂的叫聲此起彼落，葛宇彤靠著牆，前方抵著健壯的胸膛，看著英挺側臉的卓璟璿臉頰帶著鮮血，他緊擰眉心朝外探看，下一秒忽然縮回頸子，二話不說將她緊緊擁住——砰！

爆炸聲轟然巨響，葛宇彤意識一片混沌，也只能緊扣著來人的背。

數聲爆炸聲後，卓璟璿鬆開了力道，回身踹了緊閉的警衛室門一腳，「報警！快點！」

雖然他就是警察，但這種場面他可處理不了。

「已經報了！」警衛在裡頭回應著。

葛宇彤虛脫的靠著水泥牆，她全身都痛，但是緊抓著的男人身上，白襯衫都已經染紅。刺毛鬢角滲著血，都是擦傷，幸好沒有大礙。

「別告訴我你背上插著什麼，我會內疚的。」她好不容易才吐出幾個字。

「我背上插著一面旗，上面寫著：下次不要太衝動。」他捏住她的下巴，檢查她的瞳孔，「沒事吧？我是誰？」

「偉大的刺毛大人。」她輕笑。

「還有閒情開玩笑？別太自信，剛剛那種情況我慢一步，妳現在就是被夾的焦屍了。」他撫著牆緩慢起身，朝她伸出手。

葛宇彤遲疑兩秒，「夾死？」

搭上卓璟璿的手，她吃力的站起身，小心翼翼的探頭出去看，看見的是燃燒中的綠色車子，撞爛的車頭前端，趴著應該是秘書的屍體。

橘色大火的另一端，遠遠除了林蔚珊及驚恐的師生外，葛宇彤看見了四個人。

除了林恭正外，還有另外三個面無表情的學生亡者。

她索性脫掉高跟鞋，略微踉蹌不穩的走出去，卓璟璿緊張的在後面攙著她，火還在燒，這傢伙就是老喜歡明知不可為而為之。

葛宇彤刻意往車尾端走去，原本想繞過去的，但是走沒幾步，就發現火焰中的四個亡靈已然消失。

「你看。」她索性把身體重量全扔在卓璟璿身上，輕鬆靠著，「這場景熟悉嗎？」

輔導老師的車子是撞上交通號誌牌停下的，號誌牌攔腰折斷，車頭與號誌牌中間夾著趴在車前蓋上的秘書，他是被活活夾死的，只怕等等車子一撤，他的上下半身早已分離。

但是，被撞斷的交通號誌牌即使被火焚燒也未曾變形，上頭的字依然令人心有戚戚焉。

「停」。

拖吊車把滅火的綠色轎車吊起，車子已燃燒成廢鐵，輔導老師的遺體在稍早之前連同被夾斷身體的秘書一塊兒先行送走了；警方與消防隊都是大陣仗出動，好不容易才澆熄了火勢，封鎖線重重圍起，擴大範圍，不讓學生輕易接近。

葛宇彤坐在救護車後廂，也就一些擦傷而已，簡單消毒包紮即可，卓璟璿因為護著她滾地數圈，所以背部與手臂傷勢較重，但也多是小傷所以不成大礙，繃帶裹上，襯衫一穿，立刻就投入現場。

她在校門口這端，中間隔著事故現場，林蔚珊在另一端協助校方人員，阻止意圖看熱鬧

的學生，也有警方問她當時的事發情況；葛宇彤是第一個被詢問的，所以現在最涼的就是她。

遠遠看著另一台救護車鎖上車門，剛剛被抬上去的，聽說是死在三樓男廁的教務主任。

他們在這兒與莫名的亡靈及秘書他們糾纏時，教務主任已經在樓上慘遭不測，刺毛說頭骨都被敲碎了，整顆頭被塞在馬桶裡，呈現蛙趴的姿勢卡在裡頭；一直到校門口事故發生後，才有人發現他的遺體。

虛假的自殺理由，就林恭正的家屬所言，的確是校方引導，電視訪問裡也出現過導師與輔導老師的假說詞，教務主任自然也有露面，說著遺憾、希望同學不要為這種小事想不開等等謊言。

林恭正自殺那天發生的小偷事件，他、秦子祥那票都曾經過導師與輔導老師的午休約談，但是在新聞中聽不見這件事，因為教務主任提議要顧全林恭正的名譽，不該讓大家覺得他是因為被發現偷竊而自殺。

這些藉口掩蓋了事實的真相。

林恭正並沒有偷耳機線，卻被秦子祥誣指，其他同學見獵心喜、助紂為虐，頭一個就是康哥，腰斬於「停」牌子之前；再來就是剛剛，幾乎在短短五分鐘內，葬送了三個說謊的教職員性命。

「黃千瑀沒事，目前安然無恙，不過我跟她通完電話後就驚嚇了。」卓璟璿踅了回來，

「記者現在被鎖在校園外頭進不來，但依然在連線報導。」

「林恭正他們不滿自殺的理由被遮掩，剛黃千瑀有說秘書負責什麼嗎？」葛宇彤托著腮，手肘抵著膝蓋。

「主意是秘書出的，教務主任同意執行，再說服黃千瑀及輔導老師在媒體前口徑一致。」卓璟璿不太爽的嘆口氣，「說穿了老師們比較無奈，有著上司的壓力……」

「對林恭正而言他不會管這麼多，我沒想過連自殺的原因都可以被河蟹掉。」葛宇彤看著救護車離開，外頭又是一陣嘈雜，記者們都快暴動了，巴不得衝進來採訪拍照。

「啊對，剛上面說不許妳拍照。」卓璟璿望著她，「我看妳也沒有要採訪的樣子。」

「感激你上司記得我是記者，我又不跑第一線的社會新聞，我在意的是後面的事……教務主任是趴在馬桶邊的，頭被敲碎，任其垂在馬桶裡。」她冷冷挑著嘴角，「這是某些惡質的霸凌手法你知道嗎？把弱小的人臉壓進馬桶裡，踩下沖水閥稱為洗臉。」

「知道，我剛一上去就想到了。」卓璟璿點了點頭，「這三個都是河蟹林恭正死因的人。」

她抿唇，突然朝卓璟璿使了眼色，他狐疑皺眉靠近她，擋去所有視線。

葛宇彤另一隻手比了個四，「包含林恭正。」

「四個？」卓璟璿皺眉，「我看到不祥，有許多不對勁的模糊黑影包圍，但是瞧不見形

體。」

「記得要這所學校所有自殺過的學生，有沒有上新聞都要，我看見的那個女學生穿著的是這所學校的制服。」葛宇彤肯定的說著，「那天秦子祥他們召出來的，可不只是林恭正一個人。」

「所以不一定是在博學樓跳樓的嗎？」卓璟璿凝重點點頭，「我知道了，只要是該校學生的案子不管大小全查。」

「越快越好，四個是我看得見的，他們看著車子燒起來倒也沒有多高興，每個都面無表情。」葛宇彤認真回憶著，「除了林恭正外，其他瞧不清楚，可能是白天、也可能是還不到我看清的地步。」

車子被拖走時，那被撞斷的標示牌落了地，鐵片擊地，鏗鏘森寒，看著那「停」的字樣，葛宇彤再也不覺得是巧合。

停止，請住手，請不要再繼續欺負我們，全部都能用這個單字解釋。

將師長撞死在這個號誌牌前，說的或許是請停止說謊吧。

另一頭突然起了騷動，學生們朝兩旁讓開，宛如摩西過紅海般，秦子祥囂張的自後頭走了出來。

他是在眾人簇擁下現身的，身邊必然圍著大松、邱彥菱及奇異果這幾個固定班底，問題是有更多同班同學也緊黏著他，眼神裡帶著求助、恐懼與不安；他們望向正被拖吊起的廢鐵車子，個個忍不住皺起眉頭，有許多孩子已經掩嘴低泣。

「林恭正做得可真狠。」秦子祥望著一地狼狽搖頭，「看來他不會輕易罷手的。」

這話聽得師生人心惶惶，真的是林恭正？

「為什麼他要這麼做啊，一口氣三個人耶！」有學生害怕的問，「他不是跟輔導老師不錯的嗎？」

「輔導老師？都是出賣他的人吧？」邱彥菱也不知道是在驕傲什麼，「有兒福的到我們班上來說了，林恭正的爸媽覺得他不是因為沒買哀鳳而自殺，是老師跟學校亂說的！」

「咦？真假的？」其他年級其他班的學生，根本不可能知道、也不在乎真相。

只是現在在學校裡發生這種事，大家自然會開始議論紛紛，加上社群網路的發達，已經有了一堆照片跟猜疑在網路上流傳。

「好了！大家回去！」代課老師好不容易才擠出一條路，「不要看了，這又不是什麼熱鬧！現在是上課時間——」

「老師。」奇異果突然迸出一句，「你想成為下一個嗎？」

什麼——這句話讓在場的老師們都傻眼，這是威脅嗎？他們看著奇異果驕傲的神態，秦子祥不屑的笑容，便知道這幾個學生是認真的，他們根本不在乎校方或是老師！

「你們……」代課老師不知怎麼地，再也無法如此威嚴。

因為，他不想成為下一個啊！

「這不是意外嗎？」班長在人群裡出聲，「輔導老師車子失速不小心撞到秘書才造成的意外，為什麼一定要順秦子祥的話，說成什麼鬼啊怪的，硬要扯上林恭正！」

「大餅還在保健室，你就敢說這種話了！」秦子祥瞪著他，「等他死了，你可能就會改觀。」

「你少咒他！大餅從來就沒對林恭正怎樣，他們還一起打球，林恭正才不是那種沒是非的人！」暴牙妹劈哩啪啦開罵，「我要是你們幾個，我才會緊張咧！他明明就是在找霸凌者算帳！」

「那大餅呢？」有同學不解的問，「大餅也差點死掉！」

「只是燈管掉下來，輕傷而已……搞不好是巧合？」小皮說得很虛弱。

「最好，燈管是有卡榫卡死的，這樣都能掉下來喔？」根本沒人信。

「秦子祥，教教我們要怎麼辦！」班上同學哽咽的發聲，「這樣下去太可怕了，我們不知道林恭正在想什麼？」

「我不敢來學校……他會找到家裡來嗎？」

「一定有方法的對吧？秦子祥！你不是會嗎？能不能再跟林恭正說說看？」

林蔚珊看著眾人央求秦子祥的模樣，她已經知道，原本把他當神經病的人們，現在開始寄託希望在他身上，轉眼之間，「說謊妄想症的秦子祥」，變成了「陰陽眼的靈能異士」。

秦子祥沒有回答大家，也沒應聲，懶洋洋的呈現一種倨傲狀，一臉不打算幫同學的樣子，反而讓學生們更加驚恐，畢竟以前得罪他的人也不少啊！

「你們好自為之吧，老大才不想理你們呢？」奇異果還在推波助瀾，「看看那四個人，真不知道下個目標是誰！」

咦？「那四個人」？林蔚珊詫異的回首望向事故現場，什麼四個人？

「你在說誰？什麼四個人？」她趕緊問著。

「就站在車子附近那四個啊，林恭正也在裡面，他們正瞪著大家呢……」奇異果邊說邊往秦子祥身邊靠，「兩個男的兩個女的，我只認識林恭正……感覺他們還是很生氣耶！老大！」

沒有啊！林蔚珊怎麼看，就沒看見奇異果所說的四個學生……剛剛作怪的就是他們嗎？除林恭正外，還有另外三個？

「怎麼……你也看得見？」林蔚珊很驚異的看著奇異果，「不是秦子祥才是陰陽眼嗎？」

「嗯？對喔……你們看不見嗎？」奇異果又挨近秦子祥些，「應該是因為在老大身邊的關係吧？那天大家也都有看見林恭正啊！」他一直在建階梯。

「磁場緣故嗎？」林蔚珊不安的再度回身，她現在距離秦子祥也不過五步距離，卻沒有被影響到，「是因為常在一起的關係嗎？所以也看得見……」

「老大，對吧？」奇異果狀似不安的輕推著秦子祥，他微微一笑，頷了首。

「的確是因為磁場關係，有緣者得見，因為你跟我走得近，久而久之我們會磁場相符……從這裡就可以很好判斷，哪些才是跟我親近的人。」秦子祥話中有話，斜睨了今天才突然巴上來的同學們。

「對！說得對！」大松立刻揚聲，「我剛就覺得那四個人超奇怪的，原來不是人……不能指對吧？」

邱彥菱忙不迭壓下他的手臂，「不能亂指啦，都是好兄弟！看得見不一定要說出來，對吧？」

「嗯。」秦子祥再度點頭，面對邱彥菱他們時，他的神情總是較為柔和些。

言下之意，大松跟邱彥菱也都瞧見在燒毀車輛旁的四個……亡者？包括林恭正？這讓學生們一陣寒顫，那他們看不見的就是不與他親近、就是無緣者——也就不會幫他們？

「所以說，我沒看錯囉？」奇異果突然很驚奇的向後大跳一步，雙眼閃閃發光的打量著秦子祥全身上下，「我一直不敢說，老大你身上的紅光是什麼？」

「紅光？」大松一怔，悄悄瞄著邱彥菱，「妳有看到嗎？」

「對啊，有沒有，像斗篷一樣，從身體裡發出來的，背後整個都是……像罩著一件斗篷！」奇異果好奇的問，「那是什麼？」

「我知道！是靈光！」一個戴眼鏡的女生立刻出聲，「我聽說具靈力的人，身上都會散發靈光，靈光範圍的大小，決定了他的靈力強弱！」

「原來這就是靈光啊！」連不認識的學生也都跳出來打量了，好像真的看得見似的。

邱彥菱皺著眉與大松使眼色，到底是有沒有看見？他們悄悄搖頭，什麼都沒看到啊……可是這個時候如果說看不見的話，那就等於跟秦子祥不親近了啊！

「就是靈光！看多漂亮！」邱彥菱兀自接口，「你們之前不是都說他怪力亂神嗎？神經病？妄想症？哼！」

「秦子祥，我們別理他們！這些人只是怕死而已！」大松低吼著，回身向右開出一條路，「喂！借過！借過！」

「你們幹嘛這樣，我看得見！」同學高聲說著，亦步亦趨的跟著，「真的跟斗篷一樣，好特別喔！」

「班上好像只有你有靈光耶……秦子祥，你要不要看看大餅是不是身上有青光罩頂啊，這麼衰！哈哈哈！」

一票同學簇擁著秦子祥轉身離開，熱鬧非凡，不僅僅是班上的同學，連其他班的也都來

湊一腳，尤有甚者，居然連代課老師都跟了上前；頭上纏繃帶的大餅才回來就聽到這言論，不免怒氣沖沖，還是小皮在旁安撫，班長剛剛被大松使勁推了開，一臉憂鬱的走回，遠遠望著那神一般的存在。

「你們誰看得到那該死的斗篷？」他不爽的說。

「我連什麼四個學生亡靈都沒看見。」暴牙妹拚命翻白眼，「那些人是真看得見還是假看得見啊？」

「只是想諂媚秦子祥吧？這樣才能算是一掛的……以前大家對林恭正不是很好，現在連老師都出事，所以恐懼凌駕一切。」游雁然忍不住一抹苦笑，「我不知道林恭正為什麼要傷害大餅，但如果就此下去，說不定接下來連我們都倒楣。」

「然後呢？反而霸凌他的秦子祥他們最沒事？」暴牙妹完全無法接受！

「說不定他怕秦子祥的力量……」小皮也不是很愉快，「如果他真的有那份力量，他是被欺負的，可能到死都還畏懼……」

班長啞然，「那也太可憐了吧？」

「說這麼多也沒用！我看秦子祥那囂張樣就是不爽！」暴牙妹壓根兒沒在怕，「我就不信，我覺得現在的狀況說不定是他那天亂召靈，根本用錯方法，才害得康哥跟老師死掉！」

「少說兩句。」游雁然趕緊拉了拉暴牙妹的衣服，「現在狀況不可……萬一真的再發生什麼，說不定我們真的又得拜託秦子祥幫忙了。」

「拜託他？我才不要！」暴牙妹吹鬍子瞪眼的，「再說了，他才不會鳥我咧，他看我超不順眼好嗎？」

「妳只要也說看得見他那跟超人一樣的斗篷不就好了？靈光超強，無敵神威……」大餅句句是不情願，「我不是不信神鬼，我也信那天看見的林恭正，幹他媽的我就是不信秦子祥！」

「好啦！你才包紮好，我可不想去參加你的告別式。」小皮說起話來倒沒幾句能聽的。

他們轉身跟著回去博學樓，其他學生仍在旁觀與竊竊私語，談論的無非也是秦子祥；一旁幾個老師憂心忡忡，尤其是輔導室的，個個哭喪著臉，深怕下一個就是自己。

而林蔚珊卻站在那兒，耳朵嗡嗡響著，看著穿堂裡的人潮，她突然想起了一個故事。

「林蔚珊。」卓璟瓊小跑步從另一頭繞了過來。「妳沒事吧？怎麼在發呆？」

「啊……卓警官！」她是有點恍神，「天哪，你受傷了嗎？衣服上全是血……葛宇彤呢？她怎麼了？」

「帶妳過去，她想知道剛剛這邊發生什麼事。」卓璟瓊引領著她鑽過封鎖線，得繞到校門口邊的救護車去，「她看見班上同學都出來了，跟迎神一樣圍著秦子祥。」

「不是迎神。」她眼神飄渺，「是迎國王吧……」

「嗄？」卓璟璿有些擔心，剛剛爆炸時林蔚珊有被炸到嗎？頭腦不清？

從行政大樓邊的花圃繞了大半圈過去，葛宇彤已經不安的在救護車前徘徊，一見到林蔚珊劈頭就問剛剛那邊的情況。

她簡述一次，總之，秦子祥現在的地位非同小可。

「人之常情，大家怕鬼、又加上看見同學跟師長慘死在這裡，這種恐懼是深植人心的，求助懂的人是自然。」葛宇彤對這點倒不意外，「平常他總是說自己看得見都沒人信，生死關頭時個個寧可信其有。」

「可是大家都看見他的斗篷了。」林蔚珊朝肩後一比，「奇異果說的靈光。」

「大家？」葛宇彤愣了住，「什麼叫大家？靈光是說看就看得見的喔，我照鏡子都看不見自己的靈光耶！」

她前世可是很厲害的角色轉世，這一世覺醒後也有些力量，別說看自己了，她朋友海內外各式各樣，專精收妖伏魔的也不少，她也沒看過啊！

「是啊，奇異果他們就算了，但是其他學生都說看見了，爭著說看見亡者、又爭著說看見秦子祥的靈光。」林蔚珊緊握住葛宇彤的手，「我覺得他們是……騙人的。」

「當然是騙人的，沒道理我看不見他們看得見啊。」葛宇彤嘖了一聲，「這種狀況演變下去，就會變成根本沒人敢說看不見，活像——」

咦？有五個字霎時通過葛宇彤的腦子，她驚訝的看向仍舊緊握著她手的林蔚珊。

她圓睜雙眼用力的點頭，葛宇彤也想到了嗎？

結果，在旁邊的男士出聲：

「國王的新衣？」

第八章

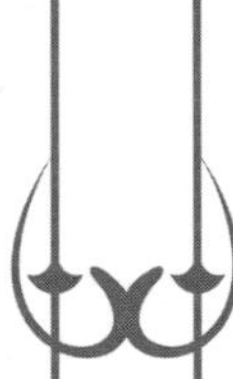

在很久以前，有一位很愛打扮的國王，經常都要穿新衣裳，久而久之設計師無法再讓他滿意；一日國度裡來了兩名騙子，他們自稱擁有一種絕世好布，凡是愚蠢和不稱職的人都看不見；國王聘用了他們，兩個騙子便在空空如也的織布機上忙碌，而臣子與國王一直都看不見騙子所說的布、或是織出的衣服，但不願承認自己是「愚蠢且不稱職」的人，於是假裝看得見這件衣服並讚不絕口。

一直到最後，「穿上」了這件衣裳出巡，結果被天真的小孩揭穿了國王根本沒有穿衣服，而淪為國人的笑柄。

結局有三種，一是國王堅持穿著「新衣」出巡到最後；二是被小孩揭穿，國王獎勵天真的小孩，並決定當個好的統治者；三則是騙子把向國王騙來的錢分給貧窮人。

又是一個該死的童話，葛宇彤內心相當不安，她一直在歷經類似的童話事件、白雪公主還是之前的事而已，總是有孩子過著像是童話故事的生活、或是遇到童話的遭遇，但結果可一點都不樂觀！

這一路來死的死傷的傷，失蹤的更佔多數，不管哪個命案或是失蹤案都捲出了駭人的事件，連這次本該單純的自殺案，都能冒出個「國王的新衣」。

葛宇彤希望能查到秦子祥的背景，越清楚越好，但老師不太願意配合，彷彿懼於秦子祥的「力量」。

「我懷疑他的力量。」葛宇彤倒不諱言，「雖說不能肯定，但我並不覺得有多強。」

「為什麼這麼說？」卓璟璿抬頭看向微笑的老闆，「大碗陽春麵一碗、榨菜肉絲麵一碗不要胡椒。」

「老闆，再幫我切兩份粉腸、一份豬頭皮、兩份海帶。」葛宇彤跟著揚聲，再繼續轉向他，「因為我第一次去他們班上時，秦子祥不是正在說林恭正可能陰魂不散，在搬動暴牙妹的桌子？」

「我不在場。」他倒乾脆，從筷筒裡拿出筷子。

啪，葛宇彤即刻打掉他的手，從包包裡拿出筷子組，「反正他就是說林恭正在左邊在右邊在導師邊，但是——從頭到尾，林恭正都是站在他身邊。」

「咦？」動手接筷子的卓璟璿頓住了，「在他旁邊？但是他看不見？」

葛宇彤彈指，賓果！「我懷疑他亂謅，如果你旁邊站了一個林恭正，你還會在那邊說得天花亂墜？」

「嗯，的確。」卓璟瑢逕自組好筷子，「問題出在林恭正站在他旁邊做什麼？」

「瞪他。」葛宇彤聳肩說得自然，「眼皮連眨都沒眨，就死瞪著他，那是我看見林恭正最清楚的一次，」

此後，包括今天上午，她都只能瞧見模糊的他。

「這非常不合邏輯，如果林恭正一開始是瞪著他的，表示他對於秦子祥的做法非常不滿，盈滿憤怒；他是自殺者，這樣子的做法是懷有怨氣吧？」畢竟跟葛宇彤認識久了，一些基本常識不想知道也會知道，「既然這樣，為什麼會去傷害大餅卻沒對秦子祥下手？」

「不知道。」葛宇彤也很費解，「我還沒力氣想到下一層，肚子餓扁了。」

老闆笑吟吟的適時送上麵，卓璟瑢比著她說榨菜，自己則是陽春麵，他已經熟知葛宇彤的飲食習慣；小菜一送上，每盤兩大匙辣椒醬立刻奉上。

「不夠的話儘管點，我請客啊，謝謝你今天救我。」她微笑瞅著他，「要不然我現在就在停屍間了哈哈哈！」

「哈哈，這虧妳笑得出來。」卓璟瑢沒好氣的搖頭，「以後衝動之餘記得裝煞車，我看到狀況就是不對勁，還叫我們不要上前？」

「就是不對勁才要你們停下，我怕三個都過去會危險，綠車子很不安全。」她唏哩呼嚕的吃著麵。

「喂，葛宇彤。」卓璟璿很認真的盯著她，「我是刑警，而且跆拳柔道都是黑帶（check）二段，體能一流。」

「嗯？我知道啊！」她笑了起來，「很可靠啊！」

「所以下次要衝也是我衝。」他嚴正的說著，這女人是把他擱在哪兒？

葛宇彤愣住，麵一半還含在嘴裡，掛著麵搖頭，「不成，有的事你不會！」

他扯扯嘴角，先大口吞下一口麵。

兩個帶傷的人狼吞虎嚥，林蔚珊負責幫忙查找資料，沒跟他們一起來吃晚餐，學校老師不配合她一樣有辦法，這點葛宇彤對她異常信任。

麵店高掛在牆上的電視播放著新聞，當記者說起：「M國中今晨因為輔導老師駕車不慎在校園裡釀成意外，不幸的車子暴衝撞死了路過的秘書，而駕駛的輔導老師也因此當場殞命，由於車體立刻爆炸，所以……」

「教務主任的死被蓋掉了？」葛宇彤語焉不詳的問。

「嗯，他應該也會很希望吧，在不影響學校的前提下。」卓璟璿淡淡的回應，「校方的意思、家屬同意，畢竟死得難堪，打算幾天後以急病的理由報死亡。」

葛宇彤忍不住搖頭，他怎麼對待林恭正的，立刻就回到他身上了。

「而國中多事之秋，數日前自殺的學生導師今天由議員陪同出面，表示學生並非單單為

了家長不買手機而自殺，事實上跟學校霸凌相關，那時她受到校方脅迫，所以對外謊稱學生自殺理由，非常懊悔……」

葛宇彤跟卓璟瓆簡直是同時停下動作的，同時抬頭看向電視，黃千瑀戴著口罩靜靜的坐在中間低泣，議員拿著她的陳情書大聲發表。

「據黃千瑀所說，當時是教務主任與秘書要求她與輔導老師如此對外掩蓋校園霸凌事實，實屬情非得已，但事過數日，身為教育者的良心不可被抹滅，所以她決定跳出來澄清，並請校方重視霸凌事件。」主播皺著眉報導，「但是今晨與事件相關的秘書及輔導老師雙雙都意外身故，教務主任目前完全聯繫不到，為這起自殺事件蒙上一層詭異的陰影……」

如果媒體知道召靈大會後，不知道報導會被扭曲成怎麼樣呢？葛宇彤正首繼續拉起一團麵，卻留意到目光灼灼。

「別看我，我真不知道！」她趕緊自清，「我當然很高興她這樣做，但我沒向她施壓啊！」

卓璟瓆挑了挑眉，半信半疑。「選同事死亡後開記者會，反而更怪。」

「我看就是他們死了，她才嚇得火速開記者會吧？」葛宇彤挑了嘴角，「不一定是對林恭正有愧疚，更多的我想是怕下一個是自己吧？」

施加壓力的是林恭正、是那四個亡魂，是同事的慘死。

不過，說的也是……這件事這麼多人，為什麼獨獨黃千瑀還活著呢？

吃飽喝足，葛宇彤立刻起身去付帳，卓璟璿沒搶付的習慣，這頓本來就算她欠他的……唔，連舒展筋骨都疼，背部磨掉了一大片皮，這種小傷最惱人。

他轉身出麵店，逕自到對面的飲料店買飲料，附近有個小公園，他們很常在那邊聊事。

「葡萄柚綠。」她才過來，卓璟璿就把飲料遞給她。

「你今天又喝烏龍喔？」她看著他大口的喝著，「二十小時的咖啡因不累喔？」

「累我就乾脆回去睡覺了，需要買飲料嗎？」他沒好氣的望著她，「再喝咖啡會胃穿孔，我願意嗎？」

「好好好！」他們習慣並肩的走到公園邊，向著人行道上有張椅子，雙雙坐了下來。

其實卓璟璿的勤務已經結束，若不是為了葛宇彤，實在應該回去蒙頭睡大覺；可下午查找的資料找到了，這件事又拖不得，只得速戰速決。

「M國中這幾年來的自殺案不少，但是最大的就林恭正這件，其他幾乎都沒有登報，只有報案。」坐下後，卓璟璿開始簡報……天，他為什麼要對一個奇怪記者做簡報。「一個燒炭、一個割腕、一個跳樓。」

「四個。」葛宇彤不由得心裡涼了半截，「真的就四個。」

「這是這五年來的事故，未遂的我們就不說了！我覺得比較詭異的是……」他抽出了一

疊資料，「割腕這位。」

葛宇彤接過資料，這是列印本，照片上是一個圓圓胖胖的小子，HUNTER，割腕自殺，在學校……「泳池裡被發現？」

「對，暑假的時候在泳池被發現，慎思樓的樓上有個露天泳池，那幾天連行政人員都放假，又下了幾場大雨，發現時已經發紫泡脹了好幾倍。」卓璟璿想到年輕的生命就覺得可惜，「驗屍時發現 HUNTER 是失血過多而亡，他的左腕上有很深的傷口，後來也在現場的書包裡找到遺書。」

「割腕自殺後跳進泳池裡？」葛宇彤不免蹙眉，「真是死意堅決。」

「嗯，因為生不如死，最後一頁是遺書。」他提醒著，「在班上被排擠，覺得自己死了似乎比較有價值，還自己製造了一張器捐同意書。」

不成熟的字跡但代表著還是個好孩子，用原子筆框出一張同意書，上頭寫著他願意捐出全身所有的器官給其他需要的人……只是這孩子不知道，泡脹腐爛的屍體無法幫助任何人。

「死了比較有價值，這是誰告訴他的？」葛宇彤看著那遺書就不對勁，「好像活著沒什麼用？」

「老師到同學都一樣，成績不好，家境不好，母親早不知到哪裡去了，父親鎮日賭博，我們都覺得是被霸凌，不過阿公不想追究，只希望趕快辦後事。」卓璟璿挨近她，往前翻了頁，「這邊有當時的紀錄，後來好像就以憂鬱為名結束這個案件——當時的導師正是教務主任。」

哦……五年內嘛，也是很有可能的事！

葛宇彤重新翻閱這個泳池自殺案，一個被逼到認為自己生無價值的孩子，真的相當令人哀傷！

「另外一個女生燒炭自殺，是同儕間的排擠，據說還有被撕扯衣服拍照上傳網路的情況，最後同儕團體哭著道歉，家長也沒追究。」卓璟璿跟著拿出另兩疊資料，「女孩叫賴映晴，長得滿清秀的，頭髮很長……負責處理這件事的，是校秘。」

「秘書？」葛宇彤挑了挑眉，「怎麼讓我覺得毛毛的？」

「剩下一個是在自家頂樓跳樓身亡的男孩，非常乾瘦，相當內向，叫張振易，遺書裡卻充滿龐大恨意，不過最後也都是不了了之。」

「不了了之是什麼意思？」這句話真籠統。

「憂鬱症自殺、考試失利，還有一個是同學沒幫他買到演唱會的票。」卓璟璿比了三根指頭，「對外都是為了這些理由自殺，要去找網路新聞還搜得到，都沒什麼大篇幅報導。」

葛宇彤啞然的望著卓璟璿，忍不住嗤笑起來，「這都是教務主任跟秘書他們任職期間耶，才五年……校園霸凌事件這麼嚴重，他們全部可以四兩撥千斤啊！」

「這我們也沒辦法，家屬都不吭聲的話……」警察也有警察的難處，不能件件都平反，畢竟家屬並沒有那個意願。

「是啊，但是我看死者也有意見。」葛宇彤重新組織，「秦子祥他們召靈，意外的召出了其他亡者……我朋友回我說，關鍵就在召靈圈斷掉又見血，才會引出亡者的異變，加上林恭正的怨氣，所以變成很麻煩的事情。」

「這幾個自殺的孩子都滿腔怒火吧？」換個角度，他也不會太開心。

「對，從他們動手就知道了，殺掉王有康除了是林恭正的意願外，還因為在召靈圈內流血的是他，一定會最先被吞噬。」葛宇彤還拿出手機來照相，「一般說來如果殺了破壞者，怨靈們就會得到強大的力量。」

「難怪，王有康體內幾乎沒有血，然後……很強大我懂，畢竟他們在幾分鐘內殺了三個人。」卓璟璿點點頭沉吟著，「不過我只想知道怎麼阻止下一個。」

「那得知道下一個是誰。」葛宇彤對這點也很無奈，「我抓不到他們的邏輯，是針對霸凌者？不像！秦子祥、大松或是奇異果他們都好端端的活著，那天召靈失敗，連碎玻璃都沒傷及他們分毫。」

「挺林恭正的大餅今天還受傷了！唉——」卓璟璿也開始覺得頭疼，彎著腰埋進自己的掌心間，「這些孩子究竟在想什麼！」

「小屁孩。」葛宇彤沉吟著，眼尾卻瞄見了卓璟瓚背部染紅的白襯衫。

為了保護他的傷。

「嘿，」她柔荑輕擱上他的背，「今天要不到此為止吧，你先回去休息。」

嗯？卓璟瓚狐疑的向右側首，往回看去，「妳是怎麼了？平常不是非達階段性目的，誓不罷休？」

「我也累了好嗎？今天這麼一折騰，太累就不能專心思考。」她眼尾瞥著襯衫，「今天……謝謝你。」

卓璟瓚緩緩坐直，用更加困惑的神情望著她。

「我說真的，妳這麼客氣讓我覺得非常……不安。」他凝重的問，「妳是不是瞞我什麼事？」

葛宇彤翻了個白眼，「喂，卓璟瓚，我是認真的感謝你今天大恩大德救了我一命，不想再折騰你以免有人說我虐待國家公僕而且老娘非常想睡覺，我們就這樣回去休息明天再戰你覺得如何？」

卓璟瓚微張的嘴，突然笑了起來。

「哈哈哈！好！這樣我就懂了！」他把資料全收回，好整以暇的放進自己的包裡，「回去好好休息，明天再戰！」

「你很煩耶！難得我溫柔點就這麼欠罵！」她抓過飲料杯喝著，難得她剛剛那麼感性的說！

「我不習慣，渾身長刺的不自在。」他認真的回應。「啊對，那個秦子祥——」

「林蔚珊在查，找不到再麻煩刑警大人出馬！」他們雙雙起身，「我回去再好好研究一下國王的新衣。」

「有什麼好研究的？不就幾句話？」卓璟璿兩手一攤，「全國的國民都不敢告訴國王真相，他就裸著身子遊行到底、另外是有小孩勇敢指認，國王嘉獎了他。」

「怎麼老是跟童話有關，真煩人……」葛宇彤喃喃唸著。

所以秦子祥將會硬撐到底？直到裸身遊行？還是期待有人出來揭發他？不管哪個，葛宇彤都有不好的預感。

他們在路口分開，分別朝反方向走去，這兒離卓璟璿家近所以他搭捷運，葛宇彤自是開車，車子就停在附近的停車場裡。

一路思考著如果事情又是按照國王的新衣發展，接下來越來越多人會為私利而更加崇拜秦子祥吧？當然還是會有不信的人，可是當在團體中面對多數意見時，這些人通常會保持沉默。

會嗆的就是暴牙妹他們了，大餅受傷後脾氣變很糟，游雁然、小皮及班長都是自保型的，個性較不張揚，暴牙妹就不同了，衝動派的女孩，其實她還挺喜歡的，直來直往嘛。

但是，燈管這一次砸上了大餅的頭，下一次該不會整座掉下來傷及暴牙妹吧？

林恭正為什麼會為秦子祥所用？雖然她心底對於秦子祥可能瞧不見林恭正、且不具能力而生疑，但是召靈大會加上他們四個人毫髮無傷，還有大餅的傷，都讓她抓不準風向——秦子祥到底是有力量還是沒有？

林恭正一方面殺了欺負他的王有康、對付捏造藉口掩蓋事實的校方人員，然後卻又幫霸凌他的秦子祥出氣？

這太詭異了，毫無邏輯可言啊！

難道，他也是臣服於國王的臣子之一？

騎樓裡被賣傢俱的路霸佔去通路，葛宇彤走沒幾步就得繞出來走，跟召靈那幾位談談有沒有幫助呢？否則再這樣下去……咦？

她突然感受到上方有什麼異樣，戛然止步，倏地抬頭往上望。

電光石火間，一股力量從後而至，她根本搞不清楚狀況，只知道她身子根本離了地，眼前掠過的景色疾速到不屬常人，她甚至怎麼離開原地的都不知道，只知道她的眼前一片黑，有東西遮去了她的雙眼。

遠處似有巨響，然後是尖叫聲跟大吼聲。

「什麼東西掉下來了！夭壽喔，那A安捏？」

「整座窗台掉下來啊，六樓的！太扯了！這要是下面有人就死了！」

「好加在沒人……厚，水泥塊都碎了！」

葛宇彤僵著身子被裹在一個……不知道是什麼的手臂裡或身體，她不清楚也不敢輕舉妄動，背靠著紮實的東西，雙眼被掩住，身子被圈著，雙腳依然不踩地。

但是這感覺她似曾相識，之前有個龐大紅眼的怪獸也曾救過她一命！

「既然有這麼好的靈魂為什麼不善加利用？好好修煉對妳不是壞事。」那聲音重疊著，似是數人之聲，「這樣妳就不只能感覺到危險，還能輕易閃過了。」

「你……你是誰？」她輕聲的問。

「不重要。」這聲帶著笑，仔細聽，聲音來自於她的右手邊，並不是圈著他的傢伙！「想來看看是不是真有國王的新衣？」

咦？葛宇彤開始試著想掙扎，只不過動一寸，就被圈得更緊……然後有人扯下了她肩上的包！

動彈不得的情況下，鼻息間聞到了腥味，她可以聽見有人開她包包的聲音，她剛剛用手機拍了資料照，但是手機有上鎖的話應該看不見啊！

「上次在鐵皮屋裡時，也是你救我們的嗎？」我們，是指她跟卓璟璿。

當時卓璟璿及時抱住她意圖擋下崩塌的鐵皮屋屋頂，但沉重的鐵皮卓璟璿根本抵不住，當時有個「怪物」撐住製造未塌的假象，顧全了他們兩個。

來人沒有吭聲，只是讓葛宇彤更加不安，警車鳴笛聲由遠而近，看來有人針對那掉落的窗台報警了。

被困住的時間度秒如年，不知道過了多久，圈著她的力道倏而將她往左邊甩去，她踉蹌的轉了半圈往前撲，伸手及時撐住剛靠著的牆才止住。

還沒站穩立刻回首，卻什麼人也看不見，沒有疑似怪物的身影、氣息，也沒有可能是人的傢伙……葛宇彤用力握拳，這才意識到自己已身在停車場中，而她靠著的竟是自己的車。

皮包勾在後照鏡上，她趕緊取下包包拿出手機，電源一開就是照片，對方讀過了。

到底是什麼人啊？聽起來像在跟五個人在說話，驅使著非人的傢伙，是善是惡？

為什麼要管什麼國王的新衣的故事？這只是國中生的霸凌自殺案啊！

遠處兩點鐘方向警車警示燈閃爍，窗台整座掉下來是有點扯，不過這附近都是幾十年老房子，年久失修也是有可能的，如果她剛剛抬頭張望也來不及，只怕就被窗台整座砸上。

她知道那不是年久失修、謎樣的怪物也知道，因為她之所以停下來，正是感受到了陰氣——有人在她頭頂說話。

『多管閒事』。

黃千瑀拖著疲憊的身軀走進大樓，門口警衛瞧見她時打個招呼，不過表情帶著詭異，因為警衛桌上的電視正在播她召開記者會的畫面。

她虛應，拎著便當穿過庭園到自己的A棟，進入電梯後按下十五樓，嘆了好大一口氣。

她不後悔這麼做，今天看著 LINE 的群組跟 FB 上的照片，意識到秦子祥變得銳不可當，簡直像是在造神一般，他成了班上的神蹟，可以阻止林恭正的報復？

問題是，霸凌的始作俑者是他啊！

小偷事件那天中午她把他叫來談話，他依然擺出一副我是王我最厲害的態度，輕蔑的告訴她：「妳這種遲鈍的凡人真的沒資格跟我說話，看不清真相的眼睛有等於沒有。」

什麼是真相？她說的才是真相吧？

她不知道林恭正究竟有沒有偷耳機線，也不管游雁然是不是為了袒護他而說謊，霸凌這件事就是存在，秦子祥為首的人每個都很囂張，不只是欺負林恭正，上學期欺負的是小皮，而多少人也跟進……FB 上還可以看見別班、根本不認識林恭正的人也一道羞辱他，參與霸凌。

而她呢？身為導師她能做些什麼？她什麼都做不了……現在的學生罵不得打不得教育不得，動輒家長就說她傷害了孩子的人格、自尊，要老師們跟服務業一樣道歉賠禮，把老師的自尊放在地上踩，就為了維護孩子的自尊。

孩子們趾高氣揚，他們知道一通電話可以跟父母說、可以跟記者說，倒楣的永遠會是學校跟老師，獲勝的永遠是他們。

萬一不利，戴上口罩低個頭假意道個歉，誰會去糾結一個未成年的孩子？

但是她怕！輔導老師也怕、學校也怕，所以最後林恭正的死因被捏造成那樣，她無法反駁……或許潛意識也不想反駁。

氣自己的無能與鴕鳥心態，但是她不想拿工作開玩笑……直到今天，更不想拿命開玩笑。

她要說出真相，希望可以為林恭正做點事！

電梯門開啟，她抬起頭準備走出去，開啟的門卻映出在牆上的一個影子——「喝！」

她嚇了好大一跳，一個人影就映在牆面，她家門口！

等等……黃千瑀小心翼翼的探頭而出往左手邊看去，看見的是右邊住戶在樓梯間吊掛的雨衣，而他們在樓梯間又安裝了強力的 LED 燈，雨衣吊在燈前，角度便剛好投影在這面正對著電梯的牆上，有點嚇人吶！

「呼！」黃千瑀很想去把雨衣給取下，這棟大樓幾乎都沒人走樓梯，樓梯間變成另一種形式的置物間，只是雨衣吊這樣也太誇張了吧？

電梯門一開，到這層的人都會嚇到的！

黃千瑀出電梯後往右邊走兩步，打開皮包找鑰匙，雨衣就映在她左手邊的白牆上，晃動著……轉動著……

雨衣轉了一百八十度，自背面來到正面，裡頭卻裹著人。

黃千瑀找到鑰匙插入孔裡，轉動一圈……兩圈……眼尾餘光瞄到了左手邊的牆，為什麼雨衣的位置變了？

『我很相信老師的。』

背後，傳來她該熟悉的聲音。

『老師一直說會處理，老師妳一直說會阻止他們的。』林恭正吃力的往前走著，『老師說會還我清白的。』

喀。黃千瑀再向右轉了五度，門鎖開了，顫抖的手黏著鑰匙，她不知道該怎麼辦！

是林恭正的聲音！

「我、我說了，我今天開記者會時說了……」她瞪著自家的木門，哽咽的說。

『我到現在還是小偷。』林恭正再往前走，雨衣拖曳聲沙沙，『人們只會記得一開始的報導……』

為什麼，他跳樓那天，她說他是為了手機而自殺？

「對不起對不起對不起，我太軟弱了！我不敢反抗學校！」黃千瑀哭喊著，完全不敢回頭，縮著身子顫抖，「我知道你是無辜的，我知道是他們整你的，但是我、我……教務主任叫我們這那樣說，我沒辦法……可是我今天開記者會了，你快點安息！」

『妳是害怕。』林恭正的聲音相當冰冷，『妳只是害怕。』

對！她怕！像她現在就怕得要死——為什麼死了還不瞑目，為什麼要變成鬼魅來找她！

黃千瑀飛快地轉動門把，她要逃進家裡，躲到——她手才剛觸及門把，竟然有人從她家裡邊倏地拉開了門！

「哇呀——」她失聲尖叫，因為那泡腫的學生一把將她拉了進去。

砰！門被甩了上，黃千瑀被推撞上陽台的窗戶，那邊有個女學生，將她的窗戶打開了。

『我們很相信妳的。』不認識的學生面無表情的說著，他們的眼裡不帶一絲感情。

「不不不！我錯了！對不起！」黃千瑀掙扎爬起，踉蹌的想衝進客廳，卻被一股力量扛起，二話不說就往敞開的窗戶塞去。「呀——呀——」

她仰躺著的上半身都被推出了窗戶外，腰部靠著窗台瘋狂掙扎扭動，尖叫聲在方形大樓社區裡迴盪著，幾乎家家戶戶都探頭出來看，連警衛都趕緊離開電視，帶著手電筒還尋找尖叫聲的來源。

「對不起！對不起——都是我不好！」黃千瑀歇斯底里的哭喊著，「老師不是故意背叛你的！」

她雙手在半空中揮舞著，淚眼汪汪的望著黑暗的天空，卻看見她的頂樓有人……摔下來了。

人影越來越近、越來越近，近到黃千瑀瞧見那張裂開摔扁的臉龐，腦子裡閃過林恭正的名字。

林恭正掉落，雙手在經過黃千瑀身邊時，握住了她本該揮舞的雙臂——咦？

黃千瑀整個身體被扯出窗戶外時，根本什麼都還反應不及。

砰——

她摔在冰冷的水泥地上，著地的那瞬間感受到無法言喻的痛苦，她全身都摔斷了！她的內臟她的頭……她趴在地上，浸在自己流出的血與腦漿中，它們越流越多，淹過了她的臉。

她的對面，竟側趴著林恭正，與那日一模一樣。

『自殺生導師自責，於住家跳樓自殺。』望著黃千瑀的林恭正微微一笑，『老師，妳喜歡這樣的標題嗎？』

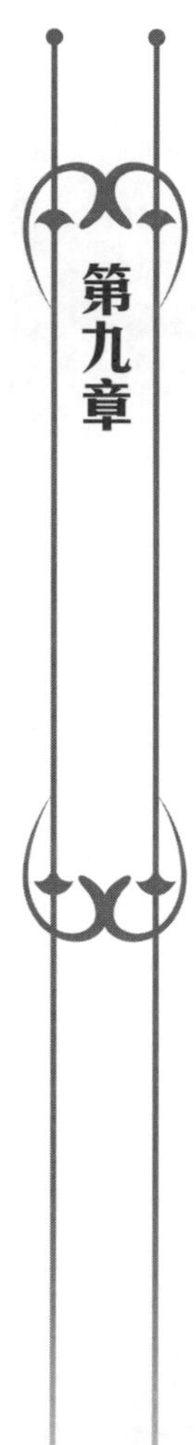

第九章

她是真的不想上學。

暴牙妹站在十字路口等著紅綠燈，手裡緊緊握著手機，導師昨晚竟跳樓自殺了！新聞甚囂塵上，他們學校轉眼間變成熱門的新聞頭條。

據住戶表示，導師在跳樓前曾發狂般的尖叫著，不停喊著「對不起對不起」，所以有莫名其妙的心理學家認為，導師因為林恭正的自殺感到愧疚、加上謊稱學生自殺的原因，迫使自己情緒崩潰，因此選擇跳樓自殺。

班上的 FB 社團裡，秦子祥立刻發表文章，簡單幾個字：「林恭正去找導師了。」

她超討厭秦子祥，不順眼到極點，也覺得他有病，可是……看著他發表的文章，她心底竟然同意這樣的說法。

因為所有主導林恭正自殺原因的人，都在同一天死於非命了啊！不管是輔導老師、教務主任、校長秘書或是導師，根本無一倖免！

所謂對不起的慘叫聲，搞不好是因為看見林恭正吧？

導師是不強勢，處理班上的事都很消極，但是……自殺？導師都願意頂著說謊的罵名開記者會，澄清林恭正的自殺主因了，為什麼會開完記者會後自殺？就算她只有十四歲也會判斷的好嗎？

秦子祥發的那篇迅速累積讚，他也在學校的版面上發，內容更為聳動：「又一個說謊者被帶走了，看來林恭正準備大開殺戒了，請大家好自為之。」

這篇簡直引起恐慌，幾百個讚不說，多的是問保命的方法，當然也不乏罵他有病記得去看醫生的人……或許可能秦子祥真的知道些什麼，但是他這種刻意引起驚慌的做法讓她超不順眼。

尤其在奇異果還回：「再怎樣他都不敢動大哥」後，她簡直就爆炸了。

特別發一篇還標記秦子祥，告訴他說：「你們四個是霸凌的始作俑者，我現在希望林恭正殺紅了眼，然後累積足夠的力量再來讓你們嚐嚐生不如死的滋味！」

發完她就關機睡覺，她可以知道奇異果會說她是醜八怪暴牙女、大松會說搞不好她會在睡夢中先被林恭正幹掉，也有更多的支持者會說什麼叫霸凌，妳這樣才叫霸凌吧？

她才不管這麼多，這一切……都是秦子祥引起的！

不管是霸凌、林恭正自殺甚至到召靈後發生這麼多事，她都認為是秦子祥造成的，管他是不是陰陽眼，讓場面失控都是他的責任！

對！她也要負責，因為她也跑去召靈了，但是如果她知道怎麼控制的話，她會立刻出面去跟林恭正談談、跟所謂「四個鬼學生」商量，而不是在那邊製造恐懼！

雁然一早就叫她不要再說了，現在秦子祥風頭正健，聽說連老師們都向他求救，她昨晚發的那篇根本被批慘了。

「早！」過馬路到一半，就看見站在捷運入口處的游雁然朝她揮手，意外地是她身邊還站了班長。

「嘿！你們怎麼都在這裡！」暴牙妹奔過去，「等我喔！」

「等妳啊！不想讓妳落單。」游雁然掛著兩隻黑眼圈，這幾日都沒睡好，「妳現在變眾矢之的了。」

「我才不怕！」暴牙妹哼的一聲，「秦子祥他們整個很變態！」

「現在的情況他最大啊，誰不奉承他？昨晚導師一自殺，嚇死更多人了！」班長搖了搖頭，「連數學老師都去拜託秦子祥幫他。」

「數學老師？喔，我知道了！他上次當全班面說林恭正是無法教化的白痴。」她挑了挑眉，「理化老師也說我這輩子最好別碰理化啊！」

「問題是不知道林恭正會怎麼做……」游雁然顯得很低落，「他連大餅都能傷害了，像是助紂為虐。」

「聽說秦子祥會開始販售護身物，由邱彥菱統籌的樣子。」班長語調裡盡是不屑，「我們為什麼不能再召一次靈，把林恭正請出來，大家當面說開呢？」

兩個女孩不約而同的看向右邊的他，說得真有理，問題是——「你知道怎麼召靈嗎？」

「呃……」他乾笑。

「唉。」

三個學生依序進入捷運站，這兒沒電扶梯，上下樓都是樓梯，對年輕學子而言不成什麼問題。

「欸，你們覺得導師真的是自殺嗎？」游雁然幽幽冒出一句。

結果左右兩邊的同學互看一眼後，不約而同的搖頭。

「果然，沒人信……但是，如果真的不是自殺的話。」班長小小聲的問，「林恭正打算殺多少人？」

暴牙妹皺眉，「他為什麼不把秦子祥幹掉呢？」

「或許他不是威脅？」游雁然突然開口，「我跟你們說一件事喔，我媽昨天聽到秦子祥的名字，她說……」

游雁然正在講話，暴牙妹卻突然像被人自身後猛然疾推，整個人突然從游雁然面前消失，摔下去了！

「哇呀——」下頭有人看見立即驚叫著，一邊拉過前頭的人，免得被掉下來的暴牙妹波及！

「暴牙妹！」游雁然吃驚的立刻追上去，而班長卻倏地往後看！

那不是失足，有人推了暴牙妹！

回頭看去，只看到通勤時間滿滿人潮，大人學生們一臉不解驚恐的神色，再後面是不知道前頭發生什麼事，一臉不耐煩頻頻喊著借過，趕上班的人們。

這站樓梯有四層，很深很長，現在通勤時人又這麼多，根本看不到任何可疑的人！

「剛剛妳有看到嗎？誰推我同學的！」班長即刻問向站在暴牙妹身後的人。

「沒、沒有啊！她走一走突然間就……」女學生嚇到般的支吾其詞，「就掉下去了，我還覺得她好奇怪！」

「你呢？」班長接續問著其他人。

完全沒有人看見誰推了暴牙妹，甚至也沒人逆向奔上，大家都說走得好好的，突然間暴牙妹就摔了下去。

暴牙妹摔了一層，躺在平台上哀鳴，捷運人員很快地就來協助處理，她痛得大哭又動不了，初步研判腳可能摔斷了。

班長急得先在班上FB留言，寫著暴牙妹在捷運裡摔下樓梯，他們要陪她去醫院，晚點

到校，請轉告代課老師。

只是才上救護車，手機震動，有人傳了 LINE 過來。

『林恭正也去找她了嗎？活該。』

葛宇彤今天穿著輕便的氣墊鞋，抓著飲料坐在泳池邊，看著目前乾涸的泳池，想像著 HUNTER 在裡頭泡腫發脹的模樣。

闔上雙眼，原本期待能有些感應的，得到的只有頂樓涼爽的風跟鳥囀蟬鳴。

「嘖，有事要說啊！」她沒好氣的整個人縮在泳池邊欄上，雙腳曲起，下巴在膝上晃呀晃的。

『好歹修煉一下！』詭異的聲音自腦子裡響起，昨夜二度救她的奇怪生物所言，要她好好利用自己的靈魂。

煩啊！她對於自己是誰轉世的實在一點興趣都沒有！她就是她，並不是很希望前世的事干擾這世的人生。

日本神女，木花開耶姬，反正就是個比正常人威一點的傢伙，具高階靈能力，陰陽眼什麼的對她來說根本小 CASE，人家還管國泰民安咧！

對她而言，她就叫葛宇彤，興趣是路見不平拔刀相助，而且她真的有刀，一把貼滿符紙的西瓜刀，這可是高人給的好物，對付小鬼們挺有效的；前世的事她懶得理、糾結什麼力量的不都是過去式了嗎？

她現在只想當個記者、好好幫助人，過得輕鬆愉快人生爽，這樣不就好了？修煉什麼啊？木花開小姐是很威啦，但她總覺得一旦認真的修行，力量變大後，麻煩就會變得更多。

看得太清楚，就離愉快人生越來越遠。

她的朋友不乏這類人，能力越大責任越強，去過朋友在台南的廟宇便知道，那兒許多高人、而且是肩上責任很重的人們，她深知這份辛苦。

她為朋友可以兩肋插刀，但是為路人或路鬼甲乙丙丁就要考慮了。

沒必要影響自己的人生啊！

「葛宇彤！」急促足音奔上，「我的天哪，妳在這邊不能說一下嗎？」

「我有說啊！」她回頭看向走上的林蔚珊，「我說要來看命案現場的。」

「我以為妳說林恭正嘛！」林蔚珊氣喘吁吁的走來，「欸，剛剛傳來的消息，林恭正班上那個暴牙妹出事了耶！」

「咦？」葛宇彤略微驚嚇，「死了嗎？」

「呸呸呸！沒有啦，但是摔得不輕，在捷運站裡從樓梯上摔下去的。」她顯得憂心忡忡，「昨晚是導師，今天是暴牙妹……」

「所以我想來看看其他鬼小孩有什麼要說……不過沒人理我。」葛宇彤顯得有點無奈。

林蔚珊聞言忍不住打了個哆嗦，她不是很想跟鬼小孩「溝通」，每次遇到鬼都很嚇人，遇到比較抓狂的就不分青紅皂白亂殺一通，每次她都覺得活下來是命大！

「那個……秦子祥他們居然在賣符紙了。」林蔚珊從包包裡拿出一張紙，「由他親自加持的，可以保大家平安，欺負過林恭正的人還有護身符可以買。」

「我看！」葛宇彤兩眼都亮了起來，因為如果真的有力量，她一碰就會有感覺！「妳買了什麼！」

「全買，一張符紙五百元，護身符有一千兩千三千不等的，超貴！」林蔚珊趕緊蹲到一旁，把買來的東西交給她，「大家簡直趨之若鶩。」

「廢話，為了保命，十萬都有人買。」葛宇彤立刻接過！

所謂符紙，就是一張白色的紙張上面寫了看不懂的東西，而且跟符文的格式不太一樣，但橫豎都是看不懂；而護身符也是紙做的，折成護身符的模樣，裡面有放東西。

葛宇彤二話不說直接割開，讓林蔚珊心疼一千元的消失，倒出裡面的……碎石。

「這什麼啊？好歹是香灰或是……水晶啊？」蹲在一旁的林蔚珊根本搞不懂。「真的有用嗎？」

「噓……」葛宇彤揮揮手示意她走開點，林蔚珊立刻默默的走到一旁。

看著她雙手捧著那張符紙跟撕掉的護身符，只要有力量，總是能有點什麼吧——什麼都沒有。

她什麼都感覺不到，再細微的力量都不具備。

換言之，真的遇上了那些自殺身亡的學生們，這些東西一點防護力都沒有……然後，他敢這樣自稱高人？能庇護大家？

「我覺得秦子祥沒有任何靈力。」葛宇彤緩緩睜眼，「他只是自以為有而已。」

「咦？這些東西沒有保護力嗎？」林蔚珊焦急的問，「那萬一林恭正不收手，買這些護身符的人不就死定了。」

「他真的有問題，怎麼會認為自己有力量呢？」最近這一連串發生的事，他態度可真是從容不迫啊！「對，找到他的背景資料了嗎？」

「找到了，但不多……學校有的資料超少，我連黃千瑀的筆記都看過了——她放在桌上，代課老師拿給我看的！」林蔚珊不忘澄清自己可沒觸法，「單親家庭，跟媽媽相依為命，母親從來不曾參與過學校的任何親子活動，因為必須工作，打過幾次電話也很少接，直說秦

子祥很獨立自己能處理，幾乎都在上班不方便講電話……黃千瑀認為是刻意迴避，但她也不勉強。」

「所以連黃千瑀都沒跟秦子祥的家長見過面？」

林蔚珊翻閱著筆記搖頭，「沒有，她也不甚關心秦子祥，成績中上，除了喜歡自稱是靈能者、陰陽眼及富二代外，秦子祥沒有招惹過什麼麻煩，所以……」

「所以也就沒必要多加關心，對許多老師而言，只要功課不錯又不惹事生非就好了。」葛宇彤沉吟著，「上面沒記錄他跟林恭正之間的事？」

「只寫與部分同學不睦，最大的重點都在他喜歡怪力亂神這塊。」林蔚珊翻了一頁，「資料少到只有一面而已。」

「這麼說來他不是過度單純，就是個謎。」葛宇彤微蹙起眉，「至少知道他喜歡被眾星拱月，成為焦點崇拜，現在已經是神的等級了。」

「人多少都喜歡吧？只是……他太激烈了。」林蔚珊對這樣的孩子其實是心懷憐憫的，「這背後有許多複雜的可能因素、長期被忽視、或是家庭缺乏溫暖……過度自卑所引發的行為模式。」

「所以現在是要找他媽？還是找他？」她起了身，「先去把這個謊言拆穿吧，明明沒有能力還在那兒吹噓，販售紙張斂財？這觸犯幾條法啊？」

「不行！」林蔚珊突然阻止，「妳這樣會傷害到他的？」

葛宇彤忍不住皺眉，「蛤？誰傷害誰啊？等有人拿著護身符朝林恭正又被殺掉時，再來跟我說傷害吧？」

「不行啦！既然知道他是故意的，妳這樣戳破他的話，他勢必會被排擠，那時就是全校進行的霸凌……是，大家不是故意的，但是誰被騙會開心啊？人們的怒氣說不定會把他逼向死路！」林蔚珊慌張的阻止葛宇彤的去向，「眾叛親離這種事，十四歲的孩子扛不起！」

「但是他所做的事情，已經逼得一個學生自殺了啊！」葛宇彤無法認同，「他說謊、欺騙，導致被欺騙者反彈，怎麼能叫霸凌？這叫自作自受吧？」

「不能這麼說，小孩子的心智發育未臻健全，一點點事情可能都會逼他們走上絕路！」林蔚珊在這種事上總是不讓人。

「這種話妳去對林恭正說吧？他是被秦子祥逼死的，被他的陰陽眼、被什麼耳機線上的生靈害死的！」葛宇彤分貝高了起來，「他霸凌人就理所當然？就該被原諒，而其他人反彈就是不應該？」

「因為都是孩子！林恭正自殺誰也不願意，可是不能因為這樣就也逼得秦子祥走絕路！」林蔚珊毫不退讓，「難道今天 B 殺了 A，大家也就可以殺了 B 嗎？」

「兩碼子事不要扯在一起，殺人的事犯法，法律會決斷是否要判死刑！但是霸凌自殺要怎麼說？自殺是林恭正選的，除非他的家人提出告訴，否則秦子祥根本不痛不癢。」葛宇彤不客氣的上前一步，「妳意思是林恭正活該？誰叫他如此脆弱要選擇跳樓？」

「並不是！他真的很可憐，被逼到只剩死亡可以選擇！可是不能因為這樣也逼秦子祥選擇死亡！」林蔚珊張開雙臂，打定主意就是不讓葛宇彤通過，「妳真的去拆穿一切的話，就等於讓他無路可走了！」

葛宇彤擰眉，毫不猶豫的竟甩了林蔚珊一個耳光。

力道絲毫不含糊，她不是打好玩的！林蔚珊整個被打到踉蹌，伸手掩著左臉頰，簡直不敢相信！

「清醒一下，妳現在跟廢死的人有點像，只在意秦子祥這個說謊、欺騙、霸凌弱小的人。」葛宇彤昂起頭，「妳聽清楚，林蔚珊，我不是為了逼他死去揭穿他，我是為了讓買這些護身符的人保命！」

「妳……」

「現在是人人看見國王新衣的時候，真有人信以為帶著這廢紙就能保命，而輕忽了更重要的防範，到時候的命誰負責？妳嗎？林蔚珊？」

不等林蔚珊開口，葛宇彤推開她就逕自往前走，真是個死腦筋的女人，只顧著一棵飢渴的樹，看不見後面快枯死的一片森林！她要去告訴可能欺侮過林恭正的人，麻煩去好一點的廟求個符，最好待在佛堂裡！

「等等！那妳可以婉轉的說吧！」林蔚珊似乎這才想通，回身立刻拽上，「我們可以用別的理由——」

她上前拉住葛宇彤的手，施力過猛導致葛宇彤踉蹌向後，重心不穩的往旁邊摔去，只是明明伸手可以觸地的幾秒，葛宇彤卻突然覺得像幾分鐘般這麼漫長？

撲通——水灌進了她的口鼻裡，葛宇彤猛然驚醒掙扎，卻只見一片血紅漫開。

『超白痴的！哈哈哈！』上頭有人在笑？

她會游泳，葛宇彤直起身子發現根本踩得到底，左右張望，卻赫見自己在泳池裡……這泳池什麼時候有水的。

『死肥宅，泡個水清醒一下吧！』幾個學生站在上面笑著。

『洗乾淨一點才不會熏人！臭死了！』有女生也在訕笑，『我怎麼可能會喜歡你啦，拜託！有人會愛臭豬嗎？』

『哈哈哈！超蠢的！喂，這他買的什麼？』

『別鬧，這他要送我的！』一群學生往門外走去，『欸，肥宅，你慢慢洗吧，我們就不打擾你囉！』

『嘻嘻……』

好幾個學生離開了，葛宇彤看著四周的景色，太陽好大，水相當的冰冷，泳池外的地上有著拆開的包裝紙及緞帶，還有一小束被踩爛的鮮花。

她的身子往前移動，雖然天氣很熱，但是也沒有想泡在水裡的意思……這是 HUNTER 吧？她低看著水映著的自己，總算看見盧山真面目了啊，HUNTER 同學！

不過她撐起的身子沒上岸，只是抓了自己的包包立刻又回水裡，拿出鉛筆盒裡的美工刀後，就任書包在泳池裡漂流。

『啊哈哈哈！你剛有拍下他告白的影片嗎？』樓下傳來很誇張的聲音，學生們正遠走。

『拜託！他臉紅耶！』

『喂，不要放影片啦，影片裡也有我耶！』

HUNTER 突然一動也不動，低首看著水裡的自己，幾秒後豆大的淚水奪眶而出，答答的往水裡掉。

『我……真的受不了了……我沒辦法再撐下去了！』他推開美工刀，望著自己的左手腕。

住手！葛宇彤試圖想放下右手，卻忘記她只是在過去的疊影上。

既使勁又快速的，HUNTER 劃開了自己的左手腕動脈，劇痛襲來，他仰天大叫著，『啊啊啊啊──嗚……嗚……』

刀子鬆開，美工刀沉進了水裡，HUNTER 淚流滿面的將手放進泳池裡，水加快了鮮血的流出，轉眼間泳池便已染紅。

『自殺會下地獄嗎？』他仰躺著，血液在水裡流失的速度極快，他其實很快就會失去氣力與意識。『應該比在學校好吧？呵……呵呵呵……呵嗚嗚嗚嗚，為什麼為什麼……要這樣……』

對我？

『妳懂我們的想法對吧？妳叫……彤大姐吧？』

「葛宇彤！」巨大的力量拉著她的臂膀，喚著她名字的語調裡帶著焦慮。「喂！葛宇彤！」

她睜開眼睛時，一滴淚水從眼角滑出。

來人擋去了陽光，微蹙的眉心裡帶著擔憂與莫名，「別玩了。」

「誰玩啊？」她作勢要起身，卓璟瓀輕而易舉的把她拉起。

「對不起！妳沒事吧！我不是故意的！」林蔚珊倒是很緊張湊上前，「我很緊張，所以我……」

葛宇彤被一把拉起後貼上卓璟瓀的胸膛，不穩的攫住他的上臂，回首看著自己站的位

置，她的腳跟還貼著泳池邊欄，剛剛是後仰的姿勢掉在泳池上方的嗎？

「差點摔下去了啊？」一百四十公分高的乾水池，摔下去也是會受傷的。

HUNTER 讓她看的，她聽見他叫她彤大姐了。

「妳們兩個是怎麼了？現在是吵架的時候嗎？」卓璟璿邊說，一邊將她往前拉了一步好讓她站穩，「昨天黃千瑀跳樓身亡，連我都覺得不對勁。」

「可以去看現場嗎？」她眨動雙眼，一副拜託的模樣。

「除了她手臂上有被抓握的痕跡外，其餘沒有太多疑點……不過我會帶妳去，不然我來做什麼？」卓璟璿顯得很無奈，「早上有個學生在捷運摔斷腿知道嗎？我剛去了一趟，班長堅稱有人推她，但是監視器完全沒有拍到人。」

嗯嗯，葛宇彤不知道有在聽還是沒聽見，只顧著點頭。

卓璟璿這才鬆手，瞥向臉頰紅腫的林蔚珊，他還沒上頂樓就聽見爭吵，不好進來便站在門口停留，卻突然傳來響亮的巴掌聲，他覺得應該要阻止這兩人吵架，打定主意後踏進來，卻見林蔚珊扯著葛宇彤，接著她居然往泳池裡摔去。

幸好他來得及，否則葛宇彤只怕又成為新的受傷者。

「走吧！」葛宇彤回首，「妳去嗎？」

「我……不要好了！」林蔚珊搖了搖頭，「我想待在學校，幫輔導室一點忙，輔導學生。」

「那好，順便監視一下我們的國王。」她對她豎起大拇指，「然後交代霸凌過林恭正的人記得去廟裡求符比較實際！」

林蔚珊抿著唇，默默點了點頭。

看著高挑俐落的身影跟著頎長男人步出，林蔚珊這才撫上發疼的左臉頰……她知道，葛宇彤是不會道歉的，因為她從不做讓自己後悔的事。

這件事是立場問題沒有對錯，葛宇彤向來就是善惡分明，對她而言秦子祥是個霸凌人的小屁孩，而且又自以為是、說謊意圖斂財；但是對她而言，每個孩子出生時該是純淨的，今天秦子祥會這麼做，背後的原因又有誰能體會？

沒有一個人，天生喜歡整人、喜歡看人痛苦，或是將自己塑造成看得見魍魎鬼魅的陰陽眼！

「你說對吧？」林蔚珊幽幽的，向左回頭看向了空蕩蕩的泳池中。

那兒一直有個胖胖的男孩躲在樹蔭下，她剛剛也看見了。

「可以告訴我，要怎麼樣你們才會住手嗎？」

「紅色斗篷的靈光」是昨晚成立的粉絲專頁，秦子祥是法外高人，大頭貼裡是他的遠照，遠遠的拍著他的背影。

不僅是陰陽眼，更是具有驅鬼靈力的人，可以看見亡靈們，並召出亡魂以溝通，全校師生及校外人士都蜂擁按讚，班上一整天都無法上課，因為「賓客」絡繹不絕。

尤其是教職員們，教官跟訓導主任臉色慘白的來拜託秦子祥幫忙，過去對於林恭正的霸凌事件他們總是睜一隻眼閉一隻眼，現在多怕林恭正會連小事都一一跟他們算。

誇張到就連有人曾經踢倒他擦地的水桶，都害怕會死於非命。

葛宇彤滑著手機，反對的人還是很多啦，就在這小小的粉絲專頁裡筆戰，國中生真的很單純、很閒，時間也很多，可以在這一方螢幕前激烈對嗆。

「真羨慕他們，不必為明天的食物憂慮。」葛宇彤無奈的邊看邊搖頭。「有夠閒的，互嗆打筆戰沒有用啊，人生都虛度了。」

「他們現在的世界太小，妳覺得虛度，對他們而言就是全世界。」卓璟瑒淡淡的應著，「不必煩惱的事太多。」

「哇，暴牙妹不是斷腿了嗎？居然也在回！」葛宇彤亮了雙眼，這位暴牙妹真的戰力十足，「妄想症的人該去看醫生，你們這些人還跟他買符？搞不好都是沒用的廢紙，白痴！……」說得真好！搞不好她才是看得到的那個。

「咦？符？」卓璟瓙顯然狀況外，「秦子祥在販售符紙？」

「嗯啊，都是廢紙，不管是符還是護身都一樣，都是普通的紙張。」葛宇彤乾脆的從口袋裡捏出一掌心的垃圾，「就這樣，完全沒效……跟我給你們的護身符天差地遠！」

「我知道妳給的很好。」他瞥了她一眼，「救了我很多次。」

她泛起笑容，「你也救了我很多次啊，彼此彼此。」

氣氛正好，手機卻該死的震動，葛宇彤看了來電顯示，趕緊把車上的音樂關小聲，示意卓璟瓙別吭聲。

「救星來了。」她接起電話，「哈囉……」下一秒她電話拿離耳朵，「又不是我寫的，那是中二生自己寫的啊！好啦，我想知道怎麼解決！來龍去脈？你們什麼時候要來龍去脈啊？不能我用視訊，然後你們把那些屁孩鬼收掉嗎？好啦好啦！」

卓璟瓙知道葛宇彤在跟友人講電話，應該是台南的朋友，他跟葛宇彤之前去過一趟，台南市郊有間相當特別的「萬應宮」，聽說靈驗非常；就葛宇彤個人保證，過去她跟近似閨蜜的同事遇險時，靠的可都是這宮廟給的護身符才得以脫險。

也包括他現在身上佩戴的護身符、還有她隨身攜帶的凶器……聽說不銳利但貼滿符紙的

開山刀。

這些法器他見識過好幾次，再不信邪也得信。

車子抵達黃千瑀所居住的社區大樓，葛宇彤邊講電話邊下車，緊緊跟著卓璟瑢穿過封鎖線。

「這麼麻煩？天哪，好！你繼續！」

卓璟瑢聽見她抱怨著，接著帶她走到了墜地的中庭，他們繞過了墜樓的地點，葛宇彤看著地上殘餘的血跡，匆匆的進入電梯裡。

「我現在在命案現場，昨天那個自殺導師的地方，你用 LINE 給我好不好？我沒辦法專心？」葛宇彤在電梯外說著，「黃千瑀一直在哭，太吵了。」

這瞬間，陪同的員警跟十樓的阿嬤不約而同的看向她。

「咳！」卓璟瑢瞪眼向右朝她使眼色，她在說什麼啊！

不過葛宇彤忙講電話根本沒留意他的神色，電梯抵達一樓，門一敞開，葛宇彤才抬頭就：「馬的！」

「喂！」卓璟瑢拉著她的手，「妳在幹嘛？」

電梯外形成一種膠著，不管是陪同的警察還是那位十樓的阿嬤，沒有人想第一個踏進電梯裡……這個漂亮小姐剛剛那句「馬的」是什麼意思啦！

「厚……」她面有難色的瞪著電梯裡，不認識的靈體先搭乘了啊！

卓璟瑢拽著她進去，他是沒瞧見什麼，不過她的態度太明顯了！葛宇彤進去得很不甘願，但是當卓璟瑢一往角落的不明亡者擠過去時，電梯裡瞬間乾乾淨淨。

她瞟了他一眼，果然還是警徽無敵，加上卓璟瑢這個人的個性，普通浮遊靈該是畏懼他的！

電梯樓層按鈕按下十五，老阿嬤按下十，問題是還有個二十三亮著。

「那個、那個老師也是可憐，年紀輕輕的！」電梯很小，阿嬤憂心沉悶，嘆口氣說話。

「……嘿呀！」陪同的警察笑著，「就一時想不開……這很難說的。」

「架恐怖捏，她一直喊對不起，很痛苦啊，聽起來好像要被人抓走那樣！」老阿嬤搖搖頭，「壓力太大了，都幻覺了！」

卓璟瑢倒是覺得聽到了什麼端倪，「阿嬤，為什麼覺得她要被人抓走？她不是在對學生哭著說對不起嗎？」

「啊肖年ㄟ，你沒經驗啦！」阿嬤轉過頭看著筆挺的卓璟瑢，「很傷心不是那種喊法啦，那種很像……很像以前我們庄頭來討債打架的人，被拖出去時喊的聲音，黑係不一樣的！」

「按怎不一樣？」卓璟瑢再追問。

「啊就、就我怎麼說，你去看電視啦，電視都有演，躲債的啦、或是那個被家暴的女生，

犯錯時被拖出去時都會那樣喊，像喊救命。」阿嬤還真的揮手，「不要啊～對不起對不起！」

十樓抵達，電梯頓了一下。

「係安捏喔，謝謝阿嬤！」卓璟璿抿著唇頷首道謝，阿嬤笑吟吟的走出去，「啊麻煩你們囉，辛苦了！」

「不會不會！」陪同警察笑著跟阿嬤招手再見。

電梯門再度關上，葛宇彤跟警察不約而同的看向站在中間，雙手抱胸眉頭深鎖的卓璟璿。

「去問監視器有沒有錄到聲音，還有警衛跟聽黃千瑀喊叫的人。」他立刻向警察下令，「阿嬤說得很有理，淒厲的叫聲後自殺，目擊者也有看到她是仰躺著摔出窗外的。」

「仰躺？」葛宇彤挑了挑眉，「這麼別出心裁？」

他轉過來瞪了她一眼，話不能好好說嗎？

十五樓抵達，他們雙雙走出，然後卓璟璿要警察先下樓去辦事，這邊他們在就好。

「等等等等……」葛宇彤立刻勾手叫警察出來，「按規矩來，先上後下。」

「什麼？」卓璟璿跟警察都不明所以。

就見她按著下樓鈕，耗時間等電梯門關上，「二十三樓有人要下啊，說不定樓上也有人按電梯，你就乖乖的在這裡等下樓電梯來再進去就好了。」

……警察錯愕的望著她，二十三樓的燈是亮著的沒錯，他走進去時燈就是亮著了，仔細想想卓警官也沒按，阿嬤是最後進來，所以早先有人按了二十三——誰！天哪！

下一秒，他舉步往樓梯間走去。

「搭電梯。」葛宇彤的聲音由後傳來，「聽我的，搭電梯最安全。」

嗚……他才進單位兩個月，小夥子轉過頭哭喪著臉望向卓璟璿，為什麼要面臨這種事啊！這個正妹說話能不能太平一點？

「抬頭挺胸。」卓璟璿鏗鏘有力的開口，「你可是警察，光那警徽就沒人動得了你！」

小警察圓了雙眼，聽言突然覺得勇氣十足，對！他是警察，哪有在怕什麼亡靈的呢！他深吸了一口氣，挺直背脊的走了回來，站定在電梯前，換得卓璟璿肯定的微笑。

接著就見他右手背向上揭開黃色封鎖線，葛宇彤彎身鑽了進去。

黃千瑀的家算是第一現場，但說實在的並沒有見血，陽台一共五扇窗，第三扇窗戶敞開，玻璃氣密窗外沒有鐵架，在外租屋，沒人會鬧到加裝鐵窗。

葛宇彤站在窗子邊，這窗緣在她的腰部，老實說要坐上去還得雙手撐著才能坐定，這到底是要怎麼摔啊？

「有凳子嗎？」她左顧右盼。

「妳想幹嘛？」卓璟璿不快的說，「我不想在十五樓拉住妳。」

「請不要說得一副我會掉下去的樣子好嗎？我只是模擬一下。」她雙手扳著窗緣，「你看，我得這樣蹬上去才能坐著耶！」

她言行一致，邊說邊「蹬」，下一秒真的就躍上，嚇得卓璟瑢趕緊上前拉住她的手。

「喂，妳不要多製造麻煩。」卓璟瑢說話也沒客氣，「她既是自殺，要蹬上去並不難。否則怎麼跳？」

「最好是真的跳。」她看見角落有凳子，立刻拿過來踩上。「拉著我喔！」

「我剛剛才說我不想在十五樓的地方……喂！小心！」卓璟瑢眉心揪成一團，萬分不甘願加不爽的圈住了她的腰際。

他找不到比穩住她腰部更好的方式，拉手絆手，拉腳太怪使不上力，還是圈著腰比較實在。

葛宇彤面對著他挪上窗台，老實說這窗台超小，她必須坐在溝渠處，屁股這樣很痛好嗎？

「這一點都不舒服，」她抱怨著，幸好她是穿褲子，感覺坐在兩道刀子上，「她穿什麼？」

「裙子。」卓璟瑢雙眼緊盯著她不放，拜託她握好啊！

左右手各扳著窗戶邊，她不安的原地向後挪移，這讓卓璟瑢加重了掌間的力道，她越移越出去是怎樣？

「我現在要向後仰……」她望著他，「你要不要乾脆抱著我？」

「我一點都不想。」他怒眉一皺，葛宇彤真的很愛很愛——他不得已上前一步，站在她打開的雙腳間，環抱住了她的腰。「小心的往下。」

「好。」她還能微笑，扣著窗子的不鏽鋼架，緩緩向後仰。

她的臀部一半在外，這樣的角度要掉下去不是不可能，但尚有點吃力，必須是鐵了心的鬆手才能向下；風吹著她的長髮，葛宇彤仰望著天空，黃千瑀是這樣的姿勢掉下去的，死前激烈的道歉，然後瞬間陷入絕望，鬆開雙手。

她死前看見的夜是深藍色的，昨晚月亮不小，快滿月了！

頂樓有著隱約的人影往下望著，葛宇彤睜大雙眼瞧著卻瞧不清，被陽台擋住了，她得再外面一點……再——感受到被抱得很緊，她瞬間鬆開雙手！

「葛宇彤！」卓璟瑢用力圈住，他整個人都貼上了她的身體，她是在做什麼！向後仰的葛宇彤張開雙臂，迎接著墜落的人——咻——

她沒抓到，但是那隻手掠過了她。

『旁觀者也是幫手。』

又一個向下摔落。

『不吭聲就是默許欺負的行為！』

再一個。

『我們為什麼要成為目標……為什麼沒有人要拉我們一把！』

『同一個地方，為什麼有天堂跟地獄！』

喝！葛宇彤扭著頸子想向下望，看到的是趴在地上的黃千瑀。

『是大家的錯，每個人都希望我們死！動手的、視而不見的、沉默的，全部都應該跟我們一樣，活在地獄裡！』

「拉我上去！」葛宇彤喊著，卓璟璿即刻將她向上抱起，輕而易舉！

她一被拉上即刻向前傾抱住卓璟璿，雙腳下意識的緊夾住他的身子，喘得相當厲害。

「葛宇彤？」卓璟璿依然緊扣著她的身體，知道她的不對勁。

面對著黃千瑀屋內客廳的她緩緩抬首，依然貼著卓璟璿的臉頰不想移動，客廳裡櫃子上突然有一幀照片倒下。

喀噠一聲，連卓璟璿都聽見了。

「我沒事了……」她聲音難得嬌弱。

卓璟璿鬆開手將她抱了下來，她依然挽著他的頸子，臉上沒有太多血色，但不至於太糟，額上滲著汗珠，想是飆了一身冷汗。

她指向客廳裡，卓璟瑢明白她的意思，刻意將她往左邊移了一步，讓她坐在剛剛搬來的凳子上，這才旋身進入客廳。

葛宇彤這才無力的鬆口氣，她知道黃千瑀屍身上的手握痕哪裡來的了，不一定是曾在這兒跳樓身故的亡者，只怕是林恭正親自帶老師走了。

「全班合照。」卓璟瑢凝重的看著照片走出來，「妳剛看見什麼了？」

「她是被推下去的，可能就是架起往外推，有人從樓上跳樓時順便把她拖下去。」她指指雙臂，「你不是說這邊有疑似抓握的瘀痕嗎？」

「那不是生前造成的？」雖然還沒查到是誰抓的。

「十五樓到一樓這段時間，她還活著……也該算是生前吧！」她仰首，朝他舉高手，「照片。」

「不太妙。」他很討厭看到不科學的異狀。

把照片交給葛宇彤時，他就知道又是一場硬仗了。

照片裡是二年一班的合照，可能是校園活動，黃千瑀跟全部學生的團體照；全班三十二人裡，除了游雁然、暴牙妹外，其他三十個人沒有人擁有正常的五官。

只有雙眼流血的大窟窿，張大嘴尖聲嚎叫的橢圓形嘴巴，每一個都像恐怖漫畫裡的角色。

而林恭正、王有康及黃千瑀呢？他們根本已經模糊！

「漠視者形同助紂為虐，沉默者就是幫手，這是他們的想法。」葛宇彤掙扎的站起，「對他們而言，全班都是霸凌者的助手！」

「什麼？」卓璟瑲聽了只覺得不可思議，「這牽拖也太廣了！」

「不確定是不是林恭正想的，但現在不是只有一個死人。」葛宇彤把照片交還給他，「簡單來說全班都有問題，鬼屁孩誰也不會放過，我們必須避免這種狀況。」

「讓他們集中到警局去？」卓璟瑲只能想到這個。

「躲得了一時，躲不了一世，得先把亡靈淨化……」葛宇彤將手機拿出來，「讓林蔚珊告訴他們有佛堂躲佛堂、有神明桌躲神明桌，沒信仰的找間香火旺的廟避避…，大家……」

話說到一半哽住了，她望著自己的手機介面，簡直不敢相信自己親眼所見，這是在寫什麼！

「又怎麼了？」她眼珠都要瞪掉了，卓璟瑲焦躁的問。

「這學校是怎麼了？都發生這麼多事了還要繼續校慶？」她將手機翻轉給卓璟瑲看，「他們班居然今晚要留校來準備明天校慶的東西！」

卓璟瑲看著班級通知，二年一班因進度嚴重落後，今晚留校準備校慶物品事宜行程不變，請大家配合，最晚九點離校。

他即刻看向手機上方時間，下一秒即刻往外走。

「現在是下班時間，我們過去要一個小時，快點！」他厲聲說著，「這簡直是上天賜的機會！」

還有什麼時候，會比全班都聚在一起任君挑選的好？

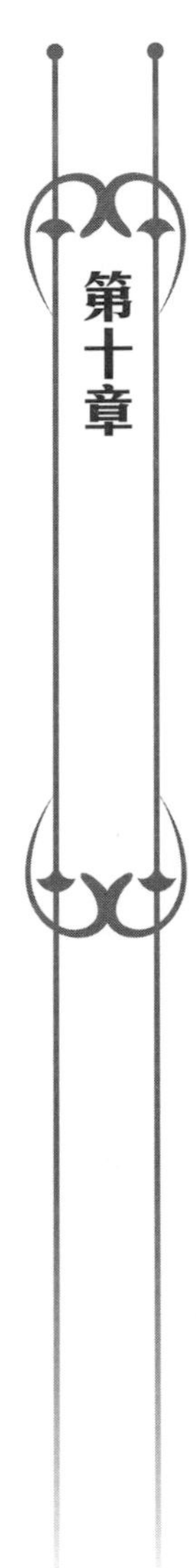

第十章

代課老師姓江，既不安又厭煩的看著錶，這差事是突然降下來的，原本是黃千瑀請假暫代一天，誰知道她居然跳樓自殺？現在他直接變成問題班級的代課老師，想推也推不掉，因為根本沒人想接這燙手山芋。

班上問題最大的就是那位秦子祥，但連他也畏懼那孩子，瞧那孩子說得煞有其事，搭配上同事的意外身故，的確疑點重重，好像真的是林恭正死不瞑目的復仇，讓他也買了一個護身符。

他不認識林恭正，整個班級都沒認識的人，照理說應該不會被找上吧？但不怕一萬只怕萬一，聽說連林恭正生前的好朋友都出事，他可不想冒險。

「大家動作快一點，我們九點一定要離開。」他在講台上說著，大家正分成好幾組趕工。

「我回辦公室一下，等等回來！」

江老師根本只想回家，全班都看得出來，因為他們也是啊！

「都發生這麼多事了，誰有心情辦校慶？」班長手上正在剪紙，「我真搞不懂學校在想什麼。」

「只有我們班沒心情吧？別班興致可高昂了。」風紀負責上膠，「我今天去訓導處時還聽見老師們在說，家長會長說不能不辦，只不過幾個人的事情不能影響學校的正常活動！」

「幾個人？」小皮悶得很，「四個教職員死，對他們來說只是幾個人？」

「不關他們的事吧？對家長會來說，這是個社交機會，可能也有很多事情的運作我們不懂。」游雁然後退了幾步，「你們覺得這樣配色怎樣？」

其他同學聞聲都湊了過來，他們校慶原本要做的就是「冰雪奇緣咖啡屋」，所以裝潢佈置都得像艾莎女王的皇宮，這主意是導師出的，那時班上同學雖然嘴上說幼稚，心裡卻滿喜歡的，早想著可以放什麼音樂，裝飾成什麼色系，美術強的同學甚至已經做了幾隻雪寶。

只是林恭正跳樓後，讓一切都停擺，緊接著事故不斷，連導師都跳樓自殺……加以秦子祥煽風點火，讓大家陷入恐懼與愁雲慘霧中……誰還有心情準備校慶？

原本以為幾個教職人員的身故會讓學校停止校慶，誰曉得完全照常，讓進度落後的他們得在晚上留在學校，趕在明天前佈置完畢。

「我們不能隨便用一用就走了嗎？」奇異果不太干願的幫忙黏壁紙，「只要有做就好了啊！」

「就是！隨便做做，招牌弄上去就好了。」大松負責釘海報，這工作也不重，就是將物品釘牢即可，但他就是做得很煩。

邱彥菱跟一票同學在揉棉花製造雪的感覺，這是費工細膩的工作，她多想立刻扔下回家。「我就說買雪花瓶回來噴不就好了，為什麼要這麼搞剛啦！」

「因為導師會希望我們的咖啡屋很美。」不耐煩的聲調傳來，大家都熟悉得很。

接著伴隨著咚咚聲，暴牙妹一拐一拐的走了進來。

「暴牙妹！」同學們驚呼出聲，「妳怎麼……」

右腳裹著石膏，暴牙妹依然穿著制服揹書包前來，第一天使用柺杖很累，但是一看到班級社團 FB 說晚上要留下來準備校慶的東西，她橫豎就是要來。

「我的工作要自己做！」她拒絕大家的幫忙，一路走到位子上去，「沒理由只有我在家偷閒。」

「有沒有搞錯啊？妳真的有病！」奇異果皺著眉看她，「晚上誰想待在學校啊？只要一想到會經過那個地方，大家巴不得立刻就逃走啊？」

那個地方，指的自然是林恭正跳樓處。

「喂！奇異果，你少說兩句會死喔！」大餅立刻發難，「我發現你嘴很臭耶！」

「拜託！我說的是實話好嗎？大家今天不想待，就是怕林恭正跑出來！」奇異果越說越直白，「我有大哥在是不怕啦，啊有的人喔……」

有的人，指的就是班長這幾個，對於什麼符紙護身的完全不看在眼裡，也沒消費購買。

「奇異果，拜託你不要講了。」有女孩悶悶出聲，「既然知道大家會怕，沒必要一直提吧？」

「對啊！閉嘴行不行？」雖然有秦子祥的保護，可是沒有人想見到阿飄啊！

「看！搞得我想上廁所都不敢去了！」幾個男生抱怨著。

「怕什麼！」大松咚的再釘入一根釘子，「現在才幾點？再來，秦子祥在這兒大家根本不必怕。」

秦子祥挑著自信的笑容坐在原位，他既不幫忙佈置也不做手工，只顧著玩手遊。

他現在是神一般的存在，怎麼能做這種雜事？他根本不在乎，也沒人敢叫他做事，他的工作已經被分擔掉。

「上面一點，再上面一點！」外頭倒是熱鬧，因為林蔚珊自願留下來幫忙，她這會兒正踩在樓梯上，幫大家把雪景圖跟招牌掛上去，「好好，就那邊……先固定！」

林蔚珊趕緊拿雙面膠先貼上，接著學生們再遞上膠帶，好讓她將海報黏得更牢。

她也希望在九點前完成啊，這裡多拖一秒，她就越不安吶！

「前中後都用釘槍釘一下好了！」女孩子們討論著，她們早在教室外頭先黏了幾塊木板。

「釘槍現在在大松那邊。」她們面有難色，窸窸窣窣。

大松喔……林蔚珊彎腰往教室另一端看去，學生不敢去拿但她敢，只是她才轉過去，就看見大松從後門離開，直往廁所去了。

「欸！」她打著暗號，女學生們一看見大松的背影，立刻飛快地自後門溜進教室，只釘幾個應該來得及吧。

真是悲哀，明明都是班上的東西不是嗎？為什麼連借個釘槍都要這樣戰戰兢兢？

「順便借黑色的奇異筆！」林蔚珊喊著，她想多加幾筆。

「奇異筆？」暴牙妹手邊就有，抓起高舉，「這邊有喔！」

同學說聲謝啦抽過筆，有人已經到大松待的角落去，那兒有好幾片木板立著，上頭釘著大家早先印製的海報，要將教室裡重要的地方擺成冰之皇宮。

「咦？」女孩到了木板前，左顧右盼。

「喂！妳們幹嘛？」不遠處的奇異果問著，「拿什麼咧？」

「釘槍啊，我們要釘門外的海報跟招牌……」女孩子們分開來找，地上桌上都在看，「他是放到哪邊去了？」

「在右手邊吧？看有沒有放在窗台！」附近的同學有看見他在用，「他去廁所前就放在窗戶邊了。」

「窗戶？」女孩子們看著窗邊跟靠近的桌子，「沒有啊……欸，連插座上都沒有——」

「不會吧？他帶著釘槍去上廁所喔？」也太噁了吧！

隱約聽到班上的笑聲跟叫聲，大松搔搔頭逕自進入廁所，真是群膽小鬼，奇異果不過說了幾句就不敢來上廁所……現在他打頭陣，也算是照顧同學的膀胱了。

聽見有人尾隨跟入，他欣然大笑，「俗辣啦！」

來人沒回答，卻傳來他熟悉的聲響，噠咚噠咚，這好像五分鐘以前充斥在他耳邊的聲音……這是釘槍釘木板的聲音啊！

噠咚，一槍一釘的釘上木板，他錯愕的向左邊看去，有人拿著釘槍釘在廁所大門上。

「喂！你幹嘛拿我的釘槍？」他不爽的唸著，「而且靠，你還釘門！」

對方沒理他，繼續一槍一槍往門上打釘，看得大松火冒三丈。

「我警告你放回去喔！那釘槍是我在用的，你現在拿來釘門，要是老師問起來自己扛啊！」他氣呼呼的唸著，走到洗手台洗手。

搞什麼，他在用的東西也敢拿？他當初就是覺得釘槍很威才接釘海報的工作，雖然沒想到得釘十幾塊木板，但至少比在那邊剪紙畫畫揉棉花好多了。

噠咚！聲音未止，他氣得抬頭，「我說你——」

鏡子裡映著他映著門映著浮在空中的釘槍，但是就是沒有門邊那個拿著釘槍的人影——

等等！

「哇！」他嚇得旋身面對了門，那人往前走了一步，下一秒反手把門關上了！「走開！你是……」

林、林恭正！他嚇得手足無措，趕緊拿出秦子祥給他的符紙，發抖的對著來人。

『我以為你不怕的。』聲音在廁所裡迴盪，大松當然認得這個聲音，『不是有符嗎？』

「幹，真的是你……你很莫名其妙耶，自殺是你選的，你現在來找我們麻煩做什麼！」大松咆哮著，手抖得不聽使喚。

是啊，他怕什麼……不是有秦子祥給的虎符嗎？可是為什麼他連腳都在抖了，就算是厲鬼，應該也怕秦子祥的東西吧？

還是說，大松嚥了口口水，他也、也不是很信秦子祥？

『我可以不必死的，我是被你們逼的……』林恭正擎著釘槍上前，『欺負人很有趣是吧？』

「走開！滾——」大松聲如洪鐘，那迴音連走廊上都隱約聽見了。

嗯？站在梯子上的林蔚珊往廁所那邊看去，好像有聽見大松的叫聲？還是在說話？

扶著梯子的女孩也聽見了，她們不約而同的往廁所望，此時拿釘槍未果的學生奔出，搖頭困惑的說釘槍不見了，不懂大松連上廁所都帶釘槍是怎樣？

「那是公物耶！」他們對秦子祥那掛原本就多有抱怨，只是現在懾於威嚴之下，「他以為他買的喔？」

「帶那個去廁所是怎樣？噁心！」女生皺了眉。

帶釘槍去廁所？林蔚珊剛剛親眼看著大松從後門走出往廁所去時，他手上並沒有拿任何東西啊——糟糕！

「我要下來！」林蔚珊慌張的要爬下樓梯，「我需要幾個健壯的男生跟椅子，快點！」

「咦？林老師，怎麼了嗎？」大家聽見騷動，紛紛朝門口看過來。

「出事了……一定有問題！」她連忙踩地，「釘槍不是他拿的！快點，男生舉著椅子，待命喔！」

她把手上的膠帶塞給就近的女孩子，小心翼翼的往男廁那邊奔去。

不是大松拿的？出事了？學生們不由得相互望著……難道是——天哪！不知道誰先尖叫的，下一秒全部的人都躲到教室去，什麼壯男端椅子，根本沒人想理大松好嗎？

邱彥菱第一時間看向秦子祥，他只是從手遊中抬頭，兩秒後繼續玩下一關，這讓她有點緊張的再看向奇異果，奇異果皺眉搖頭，大哥沒要管就不必管。

「滾開！」還沒靠近，林蔚珊果然就聽見大松的吼聲了，「你再靠過來，我、我就拿這個傷你喔！」

拿什麼？林蔚珊嚇了一跳，該不會拿那些白紙假符吧？天哪！她站到了男廁門口，曾幾何時門已經關上，而且上面、上面怎麼有這麼多釘子？林蔚珊緊皺起眉，她怎麼覺得哪裡不對勁？

裡頭的林恭正絲毫不理睬大松，直接逼近他，在白色的日光燈下，好讓他再看一次那張淒慘摔爛的臉龐。

「哇！走開！」大松根本不敢看，隨手就把符紙貼上林恭正的身體後，踉蹌躲藏。

林恭正望著身上的紙，從容的撕下，在大松面前將之揉爛。

咦咦——咦——大松腦子裡狂喊著，他不怕？那符咒居然對林恭正毫無作用，他真的已經是厲鬼了嗎！手忙腳亂的從頸子間抽出護身符，只是才拉出來，慘白手倏地握住了他的紅繩。

林恭正就站在他身前，握著他的護身符，看上去護身符並未傷及他一分一毫啊！

『廢物。』他瞪著大松，即使比他矮了一個頭。『這種沒用的東西也敢拿出來！』

「怎、怎麼……」這麼近，可以看見林恭正變形的臉，塌碎的鼻梁。

『紅色的靈光，斗篷……哼，你真的看見了嗎？』林恭正再逼上前，這次那張碎臉就快要貼上他的了——『秦子祥真的很強嗎？』

他……不知道。因為他看不見啊！他根本什麼都沒看到……但是如果說看不見那斗篷靈光的話，就表示跟秦子祥不夠親近、或是根本不信他，如此一來，他怎麼會庇護他們呢？可是，這沒用的紙跟符又是怎麼回事！難不成秦子祥根本沒有靈力嗎？

「哇！走開啊！」大松雙手使勁一推，將林恭正推開。

觸及的瞬間他覺得推到一個軟綿綿的人體海綿墊，林恭正向後擺盪的方式也顯現出骨頭俱碎的模樣，那觸感也太噁心了！

「大松！你在裡面嗎！大松！」門外，傳來林蔚珊的叫聲，「你開門！快點出來！」那個兒福的女人！大松驚恐的趁隙往門口奔去，林恭正根本不疾不徐，就等粗暴的大松歇斯底里撞上門的那瞬間——大松是衝上前了，恐懼之餘哪有時間煞車，以身撞門後，才要把門開啟。

只是，當他撞上門的那瞬間，刺痛從正面點點傳來——門板只有三公分厚，釘槍裡的釘子卻有五公分，所以每根釘子都是突出於門板外的，正是林恭正剛剛一點一點釘上的。

簡言之，大松用自己的噸位與衝力，撞上了一個釘板。

「哇啊啊——」大松慘叫著，他的臉也插進釘子裡了。

下意識的要向後撐起離開，背部卻突然一股力量將他死死壓住，就怕那些釘子不夠深入他身體似的使勁。

『痛嗎？』林恭正的聲音在耳後響起，『死不了的痛，就像我每天的生活。』

他邊說，舉起釘槍，朝他的肩頭釘去——噠咚。

「啊——對不起！對不起！」大松痛得大喊，但是林恭正卻只是往他的手肘骨頭上再釘上一槍。「我不知道你會自殺，對不起對不起——」

『我已經死了。』林恭正壓住他的手掌，中間先釘一槍，五根指頭分別也釘上門好了。

『感受一下我每天的生活吧，可比這些要痛上幾百倍……因為那是每天每天每天，沒有終點的惡夢！』

「哇啊——哇——」一釘一釘，林恭正仔仔細細的釘著大松的全身上下，務必要讓他徹底感受他的痛。

如坐針氈，不如就讓自己變成針氈吧！

避開要害，根根釘子進入大松的身體，肥胖處沒入身子裡，單薄處便一塊兒釘上了木板，淒厲的哭嚎聲不絕於耳，但是現下大松不敢動了……因為，他已經和門板釘在一起了啊！

噠咚、噠咚，門板震動著，偶爾由裡冒出的釘子尖端讓林蔚珊嚇得倒退數步，她驚恐的僵在男廁門口，聽著大松的慘叫，感受著一扇之隔的門後正發生慘案，但是、但是她卻沒有勇氣推開這道門！

「林蔚珊！」遠遠的，她聽見救星的聲音。

回首時淚水立刻飆了出來，「葛宇彤！」

葛宇彤疾步奔至，第一時間是按住她的肩頭往後扔，後頭的卓璟璿準確接住，這女人真的完全跟粗暴可以劃上恆等符號。

「這裡碰不得了。」她聽著慘叫哭嚎聲，以及根根帶血突出門板的釘子，「裡面是誰？」

「大松。」林蔚珊嚥了一口口水。

「大松？」葛宇彤遲疑了幾秒，「總算開始辦正事了嗎？」

「喂！」林蔚珊氣得嚷嚷，這一點都不是正事好嗎？

「別跟我說那套冠冕堂皇的理由，要說妳自己跟林恭正說去，他可是被欺負的人……」

葛宇彤的確不怎麼想理，她向右看向亮著的教室，「大家都在？」

「對！我剛剛叫他們拿椅子出來打算撞門，都沒人理我！」

這連卓璟璿都得幫學生說句話，正常學生一旦發現有阿飄在校園裡晃，又有超過百分之五時的可能會攻擊自己時，都不會出來吧？

誰像葛宇彤啊？路見不平隨身帶刀？

才在想，一教室的燈就在他們面前急速滅了——「呀——」

教室裡燈光是一秒全暗的，尖叫聲頓時迸出，葛宇彤即刻拔腿奔去，「大家冷靜！原地不要動！」

林蔚珊憂心的瞥了一眼廁所，幾十個學生跟大松比較起來，在天平上就是比較重啊！咬牙跟著往後去，卓璟瑢手都按在警棍上，原本打算破廁所門而入，只是門的那邊太難預料，如果葛宇彤沒吭聲，他也不知該如何動作。

嘆氣轉身，他也跟著疾步朝班級教室去，俐落的朝腰間一扳，手電筒彈起後自然的落在他掌心裡。

「啊呀——」女孩子高分貝的尖叫聲不絕於耳，學生們幾乎是原地蹲低在位子邊，恐慌得不明所以。

「冷靜！」葛宇彤站在走廊上對著敞開的窗子裡喊，「不要自己亂了陣腳！」

後頭光線傳來，卓璟瑢的手電筒已經一一照射著裡頭。

許多效應源自於感染，常有些人根本還不知道發生什麼事，因著他人尖叫奔跑，也就跟著盲目行動，葛宇彤憂心的正是這種狀況，沒有人會冷靜個十秒觀察一下四周；不過幸好目前大家是採取蹲低身子，避開了奔跑可能造成的傷害。

隨著光源掃過，還是可以看見一些特殊的人們。

秦子祥還在他的位子上，朝四周張望著，奇異果也還卡在原地，縮著雙肩半蹲著身子，暴牙妹跟游雁然也都還端坐在位子上頭，狐疑地看著她。

暴牙妹應該是不太方便動，要跑也跑不了。

「再掃一次。」葛宇彤定神瞧著，向後彈指。

卓環瑢依言才從左至右，讓手電筒的光一一照射在學生身上，林蔚珊努力壓抑激動，「是變電器壞了嗎？我去、我去看一下好了。」

「不用。」卓環瑢立刻攔住她，「我看跟變電箱沒有關係。」

他邊說，凌厲的眼眸落在大松負責的木板海報區，那塊空地站著莫名的學生，不說外表狀況，光是氣場就知道不是人。

葛宇彤也瞧見了，有三個非這班學生人分據角落，兩個死守前後門，一個就卡住大松的位子，獨獨不見林恭正……啊，葛宇彤往左邊瞥去，在廁所裡嗎？面對大松，倒是合理。

「他們跟你們沒有瓜葛。」葛宇彤突然開口，「別太超過。」

誰？她在跟誰說話啊？這種緊繃狀況只是讓不明的學生更加驚慌而已，而且為什麼一定要他們待在裡面！

燈突然再度亮起，啪啪啪的閃爍著，只是再亮起時，他們剛剛精心製作的木板牆面拼貼已經全然走了樣——上頭有人用鮮紅色的噴漆寫著：

「漠視也是助長霸凌。」

「什、什麼話啊！」果然有人立刻不平發難，「關我們什麼事啊？我們還要為他們的學校生活負責嗎？」

「就是！自己不反抗要別人出手做什麼！這還要怪人？」

「那是因為他們如果有辦法反抗的話，他們就不會被霸凌了啊！」林蔚珊激動上前喊著，「看見弱小的人，不是就該伸出援手嗎？」

學生們紛紛往窗外看去，葛宇彤有點無奈，這種事踩到林蔚珊的點了，關懷弱小的她，本就是抱持這樣的大愛主張。

「拜託一下，哪來這麼多應該啊？」秦子祥終於開了口，「弱小的人就該讓自己變得強大，不是等著別人救援。」

「而且妳說這話很不負責任耶，把錯都推給其他人……我們有什麼義務得幫助他人嗎？人有喜好，我們有時就是討厭某些人，不行嗎？」奇異果雙手一攤，簡直像火上加油，「無論如何，選擇死亡的都是他們自己，不是我們推的！」

『都一樣——』驀地咆哮聲起，燈光再度暗去，『就算不是你們直接下的手，我們也都是因你們而死——欺凌弱小的人，憑什麼活著。』

「哇啊——」異狀讓眾人恐懼交加，卓璟瓘二話不說立刻從前門走去，手持警棍，一腳就把門給踢開。

剛剛卡在門口的屁孩亡靈已經不在，卓璟瓘的警棍除了擁有警察的正氣外，那還是特意請人在上頭刻寫過咒文的，力量可不小，那幾個小子是該怕的。

「大家安靜，小心腳邊依序的走出來。」卓璟瓘聲音宏亮的在教室裡迴盪，「我們……」

餘音未落，中間的日光燈陡然就掉了下來！整個燈座落在桌上，燈管迸裂成無數塊，讓躲在下面的學生驚叫連連，一瞬間什麼秩序、什麼冷靜全都煙消雲散了，也不知道是誰先帶頭，總之大家爭先恐後的衝出了教室外。

「等等——喂！」葛宇彤緊張的喊著，「那天召靈的一個都不許走！」

什麼？游雁然詫異的看向葛宇彤，她正急著攙起暴牙妹呢！

「聽妳在蓋！」邱彥菱低咒著潛回位子。

「怎麼召出來的就得怎麼送回去，這是唯一的辦法！」葛宇彤氣勢萬千的對著秦子祥大吼，「喂，天眼通，你應該早知道只有這辦法可行吧？」

她可以幫他建台階啊，秦子祥，拜託你就順著走下來吧！

衝出教室的學生沒走兩步，就有人從樓上被推下去，有人見狀嚇得又龜縮進教室裡，那三個亡靈學生倒是未痛下殺手，而是想玩弄這些學生似的，讓東西掉下、推倒他們，或是絆他們的腳，教學生們飽受驚嚇。

最大的前提是，誰都不許走出這棟樓。

聽著尖叫聲，感受著掌心裡跳動的脈搏，大松哭得眼淚鼻涕齊飛，側臉貼在門上的他，左臉頰應該插著門上的一根釘子。

「嗚……嗚……」大松哭得很虛弱，他全身上下都好痛啊……林恭正哪裡都釘了，幾乎

把他身子釘得密密麻麻的。

外頭的騷動他聽見了，林恭正幽幽的望向左邊，隔三道牆就是他們班……他們班……

不知道為什麼，他覺得聽見那些驚恐的叫聲、大松的哭喊告饒聲，嘴角似乎會忍不住的上揚啊……原來這就是秦子祥他們的心情嗎？享受恐懼享受痛苦，他好像理解到霸凌者的心態了。

望著眼前碩大的背影，林恭正再度舉起釘槍，就著大松的脊骨，一路噠噠噠噠的往下釘了下去。

「啊啊——」劇痛直襲腦門，大松牙一咬就再也看不見了。

下一秒，林恭正從容的走出了廁所外，看見滿地倒在地上痛苦哀鳴的同學們，或在走廊上、或摔在樓梯間。

「……咦？林恭正！哇啊——」同學一眼就認出他，嚇得以手代腳往後爬，「我沒有對你怎樣過啊！我真的……我也怕秦子祥他們，所以我不想惹事啊！」

葛宇彤沒空理這邊的騷動，她只知道這些小屁孩越快請回去越好！

「學生交給你了。」她跟交棒一樣隨便往林蔚珊身上一拍，人就拐進了教室裡。

卓璟瑨在裡頭協助受攻擊的學生們，他看不清亡者，但是看得見殘影，只要有疑似攻擊行為，他便會出手相助；像現在，他便守在行動不便的暴牙妹身邊。

「我可沒漠視過誰，是林恭正自己不要我出面的！」暴牙妹怒不可遏的對其他亡者咆哮，「至於你們哪班的啊？我又不認識你們！」

「哇……」游雁然躲在暴牙妹身邊，因為大餅正被那個死白的女孩推倒。「要怎麼送他們離開？我願意配合！」只求事件快點落幕。

「對！我也配合，只要能把他們送走……」班長才在喊，HUNTER 突然狠狠朝他肚子就一拳——「呃！」

『哈哈哈……哈哈哈……』HUNTER 望著腫脹的拳發笑，『揍人原來這麼有趣……』揍人竟會有這種快感，原來看著對方趴在地上不敢還手，只會想再狠狠的打下去……啊啊！

小皮從旁上前，抓著班長的手臂便往後拖，緊皺著眉看著沉醉中的 HUNTER，忍不住HUNTER 仰起頭，這就是那些人總是揍他又狂笑的原因嗎？

回頭看向秦子祥。

「秦子祥！奇異果！邱彥菱！」他一個個點名，「我們快點把他們送回去。」

「為什麼要！」秦子祥突然語出驚人。

一旦這些阿飄不存在的話……大家就不需要他了啊！

「哇啊……秦子祥！」門外衝進一個滿頭是血的同學，揚著他買的護身符，「這個根本

沒有用！他們不怕！」

他氣急敗壞的把護身符重重甩在地上，背後冷不防的站著纖瘦的張振易，雙手纏著領帶作勢要由後套出他頸子。

「喂！」一把刀冷不防橫在張振易與男學生中間，「規矩點。」

刀子一轉，貼符的刀面即可向鬼，葛宇彤不客氣地迎面打上張振易的臉——『啊啊……燙！燙燙燙！』

張振易痛得踉蹌，前頭扔護身符的學生這時才驚恐回身，知道剛剛自己差點就……

「我的也沒用！」一個女孩直接衝到秦子祥身邊抓住他，「你這到底是什麼——快點幫我們啊！」

「你不是有能力嗎？叫他們住手！」

護身符的無能在短時間內紛紛被戳破，而這四個學生亡靈正以欺侮、嚇唬大家為樂，也想要飽嚐霸凌人的美妙滋味。

「再下去會踩線的。」卓璟瓊沉穩的開口，「他們現在只是以推人傷人為樂，等一下就會想殺人了。」

「……為什麼？」游雁然聽得心驚膽顫。

「因為當他們徹底瞭解當初霸凌他們的人，是用這種幸災樂禍的態度時，便會怒火中燒，接著就是針對霸凌者的殺戮了。」卓璟璿謹慎的眼觀四面，「等殺紅了眼，再回頭殺掉你們這些漠視者。」

「我才沒有！」暴牙妹不平的嘟著嘴。

是是是，她沒有，卓璟璿想起照片中唯二沒有「毀容」的同學，就是這女孩與游雁然。甚至連那個班長跟大餅也都……

「我承認我漠視，這年代，誰不是多一事不如少一事？」班長撫著發疼的肚子出聲，「就算心裡有很多想法，我們也多半不會說。」

「可是這樣就說我們是共犯？那就太超過了。」大餅認真的表態。

「這些都不重要。」游雁然幽幽回眸，「重點是要快點把他們請回去！」

暴牙妹立刻拿過拐杖，事不宜遲！「秦子祥！不要再撐了！」

正被搖晃質問的秦子祥緊窒的看著同學，奇異果趕緊跑過來扳開其他人，「你們不要輕視老大，像我就沒事啊！這一定是……是這些鬼太厲害了。」

奇異果簡直睜著眼睛說瞎話，他臉上的刀傷就是剛剛被美工刀割的，最好沒事。

「他們……怒氣很重，這些護身符擋不了。」秦子祥終於出聲，「必須快點送他們離開！」

好啊！葛宇彤銳利的瞪著秦子祥，總算願意走下來了！

「原地原位！」她高聲喊著，「送他們回去！」

『我才不要！』尖銳的女生聲音陡然從後傳來，『我要你們每個人都跟我求饒！』

葛宇彤連回身都來不及，只見那位叫賴映晴的女孩猛衝過來，雙眼裡盈滿怒火！及時將刀豎在自己面前，擋下了她欲攻擊的雙手！

「我得抱妳下去，沒時間讓妳用走的。」卓璟璿突然拉過暴牙妹的枴杖，扔給游雁然。「抱歉，幫忙一下。」

「咦？」暴牙妹咦了聲，直接就被扛上卓璟璿的肩頭——哇啊，難得有這麼性格威武的警察抱她，但好歹也要是公主抱吧！為什麼是扛瓦斯啊！

卓璟璿迅速從前門離開，游雁然、班長、大餅及小皮都緊緊尾隨，葛宇彤就在後門，朝秦子祥他們揮手，「秦子祥！邱彥菱！這邊！」

秦子祥緊握飽拳，擰著眉跟出去，中途有東西飛來，都被忠心護主的奇異果一一擋下，邱彥菱伏著身走，嗚咽不斷。

「大松呢？他人呢？」她拉著奇異果問。

「不知道……對啊，大松去廁所也太久了吧？」

「他來不了了，我想林恭正已經先料理他了。」在後門接應的葛宇彤說得自然，HUNTER 此刻衝來意圖抓走殿後落單的邱彥菱，她即刻朝他揮刀。

這些亡魂都只是普通學生，非不得已的情況下，她不想傷及他們的靈魂！HUNTER明顯也懼於那把刀，在他們眼裡，那是把亮得令人睜不開眼的東西，代表著危險與死亡……WELL，雖然他們已經死了。

護著學生們走出後門，林蔚珊在附近照顧傷患，偶爾遇到惡作劇的亡者就拿葛宇彤送的護身符擋，倒也足夠；而且這些亡魂鮮少攻擊林蔚珊，因為對他們來說，她不是學生、而且還是真的會關懷他們的人。

至少在泳池時，HUNTER聽見了她與葛宇彤爭吵的一切。

來到樓梯間，除了被推下去正哀嚎的學生外，還站著大家最熟悉的人：林恭正。

「讓開。」為首的卓璟璿基本上也不太懂什麼叫客氣，尤其以他的立場而言，這些亡者是「肇事者」。

「嗚……林恭正對不起啦！」躲在奇異果背後的邱彥菱抽抽噎噎，「我燒香、幫你抄佛經、做善事，求求你住手，不要傷害我！」

被扛在卓璟璿肩上的暴牙妹看不見林恭正，但可以從大家的反應得知他就站在後面，她踢著腳想下來，不過卓璟璿卻只是緊扣著她。

「林恭正，這樣傷害別人並不是真正的快樂……」游雁然咬著唇，哽咽的從卓璟璿背後探頭出來，「你明知道這些恐懼與痛苦，為什麼要讓大家飽受這一切？很多同學甚至並沒有

對你做過什麼啊！」

林恭正望著游雁然，他的眼神非常無情，冷冷的笑了起來，『我覺得……挺有趣的。』

「別鬧了！」班長義正詞嚴，「我們知道你很痛苦，但是這樣子只會連帶害到你自己而已，你已經死了，我阿嬤說你應該要去報到了……」

『少自以為是了——』林恭正突然咆哮怒吼，『誰會知道另一個人的痛苦！』

呀——這聲怒吼嚇得學生們掩耳尖叫，夠了夠了，拜託你們不要再觸怒他了！那是鬼啊，是把他們弄得渾身是傷的鬼啊！

後頭傳來奔跑聲，葛宇彤沒有因為這行列的停留而止步，直接從旁邊一路下衝，緊接著抬起腳，二話不說就著林恭正的身子就踹了下去——

「什麼時候了，廢話還這麼多！」她不爽的大喝著，反手再用刀面敲上林恭正的臉，「下去啦！」

『啊……啊啊——』林恭正摀著臉向後翻去轉眼不見蹤影，卓璟瑢毫髮無傷的扛著暴牙妹趕緊朝下走，身後一票學生不由得面面相覷。

剛剛那個……可以算是身體霸凌的一種嗎？那個彤大姐也太誇張了吧！

由葛宇彤當開路先鋒，四個亡者學生輪番上陣，他們果然不想被請回去啊！這樣朋友教得沒錯，怎麼請來怎麼送，得快點把他們送走！樓上其他學生她顧不得，反正有林蔚珊在，而且亡者們現在注意力全在他們身上啊！

好不容易抵達一樓，博學樓外的空地上，卓璟瑢立刻將暴牙妹放下，呈備戰狀態。

「那天召靈時哪幾個人，快點坐下！」他倒是很快進入狀況，手持警棍耳聽八方，他不屬於召靈份子，可以當護衛。

每個人依序倉皇坐下，還想按著當天的位子坐。

「可是康哥他……」大餅皺眉，不在了啊！

「先不管，你們圈圍小一點就是了。」葛宇彤協助他們儘速坐定。

只是學生還沒坐下，亡靈又出現了，他們千百萬個不願意被送走，當然是誓死阻擋了；他們變得很機靈，率先從行動不便的暴牙妹下手，握住她裹著石膏的腳，就要拖離原地。

游雁然才想上去幫忙，立刻被張振易阻止，他雙手不客氣的要抓向她，班長立刻上前轉身抱住游雁然，任背部被暴打；卓璟瑢一記敲下張振易的後腦勺，逼得張振易頓時抱頭逃竄，同時他再一腳踹向扯著暴牙妹石膏腳的賴映晴，她也發出淒厲的尖叫。

「喂！不要太傷害他們！他們只是學生！」葛宇彤不忘高喊，「都還不是厲鬼，只是普通亡魂，手下留情啊！」

「啊？都什麼時候了還手下留情！」卓璟瑢完全無法理解，「這再放下去遲早成厲鬼吧？」

當然要在變化前先解決啊！

林恭正自是毫不猶豫的掐住奇異果的頸子，奇異果大聲呼救，邱彥菱只會抱頭到處閃躲，秦子祥回身拉住奇異果的身體，意圖扯開林恭正的手；葛宇彤才忙完HUNTER，見狀趕緊過來。

「林恭正，回頭是岸！」葛宇彤深呼吸一口氣，將西瓜刀對準了他裂開的頭顱刺進去。

『啊……啊啊啊啊——』林恭正發出可怕淒厲的慘叫聲，簡直響徹雲霄。

卓璟瑺啞然的望著她，「手下留情？」

「我只是希望大幅度減少他攻擊的機會。」葛宇彤客氣的解釋著，「好了！你們只管坐好，剩下的我們處理！」

這沒什麼說服力啊，誰都不敢坐下，召靈那天大家是端坐在地面，圍著圈圈，認真的手牽著手，問題是現在這狀況誰敢不動啊！

「夠了！我受夠了！」秦子祥莫名其妙的大喊，「我要回家了，你們在這裡跟他們耗吧！」

「秦子祥！」大餅忍無可忍的尖吼，「這是你搞出來的，你居然想走？」

「什麼我搞出來的！自殺是他自己跳的樓，召靈也不是我一個人做的，既然康哥可以不在，那我也不需要在了。」他真的起身，轉身就要離開。

卓璟璿二話不說即刻上前擋住他的去向，秦子祥向左一步，卓璟璿就往左阻擋，他向右，卓璟璿張開手臂徹底斷路。

「你這警察憑什麼，小心我檢舉你妨害人身自由！」

「歡迎。」卓璟璿獰起怒眉，一股肅殺之氣頓時產生。

唔……秦子祥緊張的後退，下意識被這氣勢壓倒，雙拳緊握遲疑不已，奇異果撫著臉上的傷口望著葛宇彤，眼神裡開始產生不可思議與悲傷，邱彥菱哭著咬指頭，她沒想到老大居然要這樣扔下他們！

地上倏地竄出林恭正，掄拳直接就朝向了秦子祥的後腦勺——不過就在秦子祥面前的卓璟璿更快，警棍直接往前擋住了他的手。

「幹什麼！」秦子祥嚇了好大一跳，警棍現在在他的右耳邊，「我還以為你不敢動手！」

「你真以為他不敢喔？」葛宇彤悻悻然的走來，「他不敢打你，我是可以代勞啦！」

眼神瞄向被警棍傷著的林恭正，他的眼裡開始出現詭異的情緒……不好，亡者們越來越生氣了。

小皮正將大家都安置在地上，他是傷勢最輕的人，算準了圈的大小，雖然少了個人，但圈變小、大家手再伸長一點倒不是問題；他起身往秦子祥那邊走去，順便硬壓著邱彥菱坐下。

「秦子祥，你根本什麼都看不見對吧？」小皮強硬讓奇異果跟邱彥菱牽起手時，突然出

聲。

咦？葛宇彤閃爍著眼神，她原本是尊重林蔚珊的想法，盡可能保護秦子祥的。

秦子祥憤而回首，「你在說什麼東西？」

小皮就在他左後方，冷冷一笑，「我發現了，你從頭到尾都對不了焦……你可以告訴我，現在林恭正站在哪裡嗎？」

秦子祥瞠大盛怒的眼，用一種睥睨的方式看著他，「你膽敢質疑我的能力！居然敢挑釁……我看得到時你都不知道在哪裡、我幫大家處理馬路上地縛靈時你們還不知道感激我——」

「喂！」卓璟璿一個警棍倏地敲在他肩上，嚇得他顫了一下身子，「回答他的問題！」

「你威脅我！」秦子祥比誰都大聲。

「我怎麼看著……你像惱羞成怒？」班長懷疑的皺眉，「你簡單的指一下，林恭正在哪裡就好，這不影響你偉大的能力好嗎？」

秦子祥鼻孔哼氣，「我偏不告訴你們，憑什麼！」

「啊！」小皮突然驚恐的後退，「在你左邊！」

什麼！秦子祥嚇得立即向左，連連後退，「林恭正，你不要太喪心病狂！你掉下去不是我的錯——」

所有學生都圓睜著眼，不可思議的見證這一幕，葛宇彤輕嘖了聲別過頭去，學生們早已圍成了一個小圓，只剩下秦子祥的空位沒人坐，而那四個亡靈學生懼於她的西瓜刀、也害怕卓璟璿散發出來的正氣，全部都站在圈的外圍。

林恭正，始終站在游雁然身後，在秦子祥面前五點鐘的方向。

第十一章

小皮是故意的，為了測試秦子祥究竟看得見看不見……在這種大家都看得見所有阿飄的前提下，秦子祥居然還是完全見不著。

「你……不只沒有陰陽眼。」游雁然不敢置信的渾身顫抖，「你還是絕緣體？」

唉唉，這非她所願，葛宇彤有點無奈，早想著這件事盡可能不要揭穿，對這孩子也好；不過游雁然說得可真對啊，現在是人人都看得到特殊狀況，秦子祥依然完全瞧不見，搞半天他是石頭啊！

「不，我不是……我——」秦子祥慌了，他更急著想離開。

「有沒有搞錯……你根本看不見，還是什麼絕緣體？」邱彥菱第一個發難，「你還敢說自己是什麼天降神通！還敢賣我這麼貴的護身符？」

「老大！」奇異果這聲喊得極為悲切。

林恭正早就知道了，他淒絕的望著秦子祥，在召靈那天晚上他就發現即使貼在秦子祥面前，他眼也不眨的原因是因為——他根本見不到；順著大家眼神的方向看著他、聽不到他說話的亂翻譯，秦子祥的從容來自於他的絕緣。

想來可笑，他居然被一個普通人以「耳機線上有生靈，所以你是小偷」這種荒謬絕倫的理由逼上絕路。

而這個人，根本看不見魍魎魑魅——甚至是現在！

林恭正瞬間來到了秦子祥跟前，葛宇彤擎刀阻止他再靠近，這動作驚動了秦子祥，「怎麼了？是林、林恭正嗎？」

可以再白痴一點，這不就證明了你真的看不見嗎？葛宇彤有點心急，現在不是探討這個的時候吧？況且這個實情對林恭正來說會是多大的打擊啊！

換言之，根本是被秦子祥裝肖維啊！

『他看不見……我早知道了，他什麼都看不見！』林恭正冷冷挑著嘴角，『蠢的是我，我居然信了你！』

秦子祥說不出話，他向左邊一轉意圖逃離，不過卓璟璿飛快地擒住他雙臂，即刻將他往圈裡推了回來！

「先把該做的事做完。」卓璟璿直接走進圈裡，抓起秦子祥的衣服將他拖到唯一的空位那邊去，「請鬼容易送鬼難，再難還是得給我送回去！」

「好像沒這句？」葛宇彤還有空抬槓，瞥了眼不情願的林恭正，他看起來很平靜但是殺

氣已在累積，可不能讓他傷到秦子祥。

邱彥菱根本不想跟秦子祥牽起召靈圈，她搖著頭，氣惱的尖叫，「你卑鄙無恥！騙子！居然敢自以為是，還敢說自己會驅魔，你連旁邊這些阿飄都瞧不見！」

「住口！我只是、只是還沒有開竅而已！」秦子祥還理直氣壯的大吼著，「我是特別的，我一直都是特別的人物！」

「特別？是啊，我們現在在亡靈的地盤上，唯獨你什麼都看不到，這也是一種特別。」游雁然冷冷的笑著，「我終於知道為什麼你總是面不改色了，不管發生什麼事……因為你根本就看不見。」

「真噁爛，為什麼要撒這種謊？」暴牙妹嘖得很大聲，「為了讓別人注意你？為了被崇拜？神啊、紅色斗篷的靈光咧……奇異果，你是瞎了嗎？靈光在哪裡啊！」

奇異果低著頭，嚇得渾身發抖，雙手緊抱著自己的腿。

「喂！好了！要算帳等把同學送走再說！」卓璟瑢厲聲低吼，「看看你們的無知搞出多少麻煩來，現在還在這邊吵什麼，中二！」

「他們真的中二。」葛宇彤誠懇的解釋。

卓璟瑢瞪大眼怒看她，這位小姐是哪裡對他有意見啊？

「開個玩笑嘛！」葛宇彤推了推他。「積極一點吧，送靈開始。」

「不過……那天是秦子祥召的靈，這又要怎麼說？」班長雖存有疑慮，但他們都已經牽起手了。

「形式問題，只要有心召，咒文什麼的不在話下。」葛宇彤隨意解釋著，「拜託快一點——」

她瞬間將手中的西瓜刀拋射出去，刀子飛過召靈圈的上方，正中的是另一端 HUNTER 的大腿。『哇啊——為什麼！好痛好痛！』

卓璟璿圓睜雙眼，他開始覺得葛宇彤的「手下留情」跟他的想法有一定程度的差距。

HUNTER 在小皮後面滾地哀嚎，西瓜刀斷了他的腳，火從他靈體裡開始燃燒，葛宇彤不疾不徐的走到他身邊，像是種殺雞儆猴。

「你們不要逼我。」她邊說，一邊瞪著已經不能再死的亡者們。「我知道被欺負生不如死，你們也選擇自殺，再多的怨都該放下，往前走。」

握住刀柄，她唰地拔起。

她也不喜歡這樣，搞得像她在欺負弱小似的。

卓璟璿忍不住上前，主動拉起奇異果跟邱彥菱的手，他們必須把送靈圈完整化，但邱彥菱尖叫著抽手，奇異果則是痛苦得全身發抖……沒人想跟秦子祥牽。

「換位子。」班長當機立斷，「我跟秦子祥交換。」

卓璟璿立即拽起秦子祥往班長的位子扔去，他連走都不必走，真的是被拖過來的。班長坐在奇異果跟邱彥菱中間，緊緊牽握住他們的手，與此同時，卓璟璿正迴旋的拋出警棍，再砸上張振易的頭顱，誰讓他打算攫著奇異果背拖走。

回頭朝葛宇彤聳肩，「他逼我的。」張振易一直不安分。

葛宇彤催促大家牽握彼此的手，她負責跟卓璟璿在外阻止小屁孩們，這些學生都只是普通的亡靈，跟之前的比起來相當平和，只是這些小惡作劇還是足夠折騰大家了。

而且，也得在他們異變前徹底解決，認真想想……他們已經間接殺了四個人，就算不是親手，也是刻意造成的；或許是因為這樣殺氣累積得比較慢？親手殺的瘋狂似乎比較容易引起變異。

再不甘願大家還是握住了彼此的手，秦子祥臉色發白的任游雁然她們握著，大家心裡都有微詞，可現在不是發作的時候。

「專心的請他們回去。」葛宇彤說著，「不必什麼咒語，只要請他們離開陽界即可！」

學生們恐懼的緊閉雙眼，有人喃喃唸著、有人在心中默唸，可是外頭的鬼吼鬼叫卻只讓他們心慌！

『我不要回去！』賴映晴尖叫著，『我要讓大家知道我的痛苦！也該換他們受苦了不是嗎？憑什麼他們過得好好的！』

『我也不要！我還沒找到她！』HUNTER跺地怒吼，『為什麼找不到了！出來啊，有本事你們再嘲笑我一次啊！』

瘦乾乾的張振易只是靜默，淚水自流，滿臉委屈與不平，緊抿著嘴反而讓葛宇彤覺得更不安心；林恭正則是望著這個送靈圈，再抬頭看向了三樓，他們教室的方向。

『大家都覺得我活該嗎？』

幽幽的，他突然爆出了這麼一句。

首先分神的是班長，他抬起頭，往十點鐘的方向看去，因為林恭正站在游雁然身後。

「不是這樣的，沒有人會覺得另一個人的死亡是活該。」他擰著眉，「我們都不願意看見你發生這樣的事。」

葛宇彤走來往他後背踢了一下，「專心！」

「他抱持著這種想法怎麼願意回去？」班長不以為然，「就算是秦子祥，他也一定不希望你自殺！」

不要扯我！秦子祥不想回應，他是沒期待過林恭正會自殺，但是死都死了，為什麼還留這麼多後患？他現在要想的是該怎麼辦……為什麼他的靈力還沒開發，他應該是看得到的！他是特別的！他明明就是那種罕有的厲害人物！

到底要怎麼樣，才能有異於常人的能力！

『他當然不覺得。』林恭正倏地瞥向了游雁然左邊緊握的秦子祥，『你沒有告訴他們，其實我不是自殺的嗎？』

什麼？！這瞬間，所有人都停下了禱念，甚至連葛宇彤也都不可思議的看向林恭正，這話什麼意思？人的死亡就三種、自殺、他殺、意外。

林恭正跳樓若非自殺，難道是──

「要變成刑事案件了嗎？」卓璟瓃甩動著警棍。「還是加工自殺？」

「加工？什麼意思？」游雁然抬首激動的問，「林恭正是被推下去的？秦子祥！」

「不要鬆手！」葛宇彤可緊張了，真怕游雁然一怒之下放開手，「這個圈現在鬆開手的話，下場會跟康哥一樣！」

就算她剛剛趁著繞圈時，在他們外頭寫上防護咒也是一樣……學生們不知道，但亡靈們看得可清楚，她藉著巡邏之故用西瓜刀畫出了陣圖，為的就是要逼亡者回去。

最好唸一唸就行啦，她只是不想給這群孩子太大壓力而已。

「秦子祥！」他左手邊的大餅怒吼了，「林恭正是你害死的？」

「我沒有！」秦子祥終於願意開金口，「他跳樓時我在樓下，怎麼推！邱彥菱、奇異果都在我身邊！」

奇異果點頭如搗蒜，邱彥菱則是哭個不停，還在唸著：「快點離開快點離開。」

「應該是電話吧，通聯紀錄的最後一通。」卓璟璿用稀鬆平常的口吻說著，「林恭正在跳樓中都還在跟秦子祥通話。」

「嗄？」葛宇彤可驚了，「紀錄出來你沒跟我說？」

「來不及講。」卓璟璿邊說話邊旋身打飛趁隙的瘦子，這個孩子真的很會趁隙，「警方也問過秦子祥了，他說林恭正只是在講小偷的事而已。」

「這麼簡單？」葛宇彤口吻裡抱持著高度懷疑。

她內心非常想搞清楚怎麼回事，但理智告訴她，這是亡者在拖時間，所以她忽然擊掌，要大家快點送同學上路了！

但是在這掙扎過程中，賴映晴早就悶悶的窩在邱彥菱的身後，她蹲在地上雙手抱膝，看上去相當乖，葛宇彤盯著她，她並沒什麼動作。

只是小小聲的對著邱彥菱說，只讓她聽見。

『我見過妳這種人，為虎作倀，跟著強大的人才敢欺負別人……妳欺負過多少人呢？』女孩默默的說著，『現在看看變成怎麼樣了，妳多了不起啊？也一起騙了全校的人，還收了淨化費對吧？』

不要再說了不要再說了！邱彥菱拚命唸著，她怎麼知道秦子祥居然騙他們！她哪看得見什麼靈光啊？以前她也沒信過秦子祥，反正就附和他就好，誰知道某天他真的能做些什麼！

果真一切都是騙局！秦子祥說得頭頭是道！什麼陰陽界論調、說得煞有其事，舉凡鬼、生靈、厲鬼的理論全部都是唬人的——某個角度而言，她也是受害者啊！

『事情曝光後怎麼過日子呢？全校師生會怎麼看妳呢？』賴映晴咯咯笑個不停，『真期待妳的下場，到時妳一定可以體會到我的痛苦……但是，我等不到了！』

什麼？邱彥菱跳開眼皮，什麼意思，她想做什麼？

『我要拔掉妳的舌頭，看妳以後怎麼耍嘴皮子！仗勢欺人！』賴映晴倏地站起，葛宇彤跟著回首防備。『這區區的送靈咒，根本奈何不了我——邱彥菱——』

「我不要！」邱彥菱驀地尖叫，雙手害怕的掩耳。

雙手，鬆開了相握，抱著頭大叫起來。

「都是秦子祥的錯，我們是被他矇騙的！」邱彥菱狼狽的站起，「我不是故意騙大家的、我只是、我只是想要……」

圈斷了，在所有人措手不及的情況下，葛宇彤距離她甚至僅數步之遙，卻根本無法反應。

「妳怎麼……」大餅瞠目結舌，「邱彥菱！妳鬆開手了！」

「我不玩了！我、我……」邱彥菱根本沒在聽，她踉蹌後退，往博學樓裡去，「要怪就怪秦子祥，我們是無辜的！我只是不想也被欺負罷了！」

她以前也被欺負過啊！人又不夠強，只好倚賴強者生存……漸漸的感受到欺負人的得意與美好，看著同學懼怕的眼神，就有種高高在上的錯覺！

但是她不想被這麼對待，她要在大家誤會她前，將這件事的焦點移轉，必須把錯都推到秦子祥身上！

「邱彥菱！」班長回首大吼，她要去哪裡！

「我是被逼的！」她奔進了走廊，往樓上跑去，「我是被秦子祥逼的！」

秦子祥臉色陣青陣白，邱彥菱現在把錯都推給他了嗎？他憤怒的意欲鬆手，但一左一右的大餅跟游雁然卻反扣著，以堅定的眼神看著他。

彤大姐說了，不許鬆手。

「怎麼辦？」卓璟璿焦急的問，其他人能補上嗎？

餘音未落，地上忽然泛出了淡淡的橘金光點，源自於他們屁股後方的咒文，學生們又驚嚇又慌張，葛宇彤厭煩的大吼一聲，立刻填進了邱彥菱剛剛的位子裡。

「接住刀子！」她兀自將西瓜刀朝卓璟璿射去，引得前頭學生驚叫。

卓璟璿俐落接住刀刃，狐疑的望著坐下的她。「妳要頂邱彥菱？」

「我陣法已畫，就是八個人，一個不能少。」她雙手攤開，「你就用刀擋，誰造次就砍誰吧！」

「啊剛剛還說手下留情呢？」他握著刀，帥氣的舞起刀來。

「你瞧瞧林恭正的樣子，最好還能說手下留情啦！」她朝班長頷首，他們深呼吸後立即牽上葛宇彤的手。

卓璟璿往林恭正望去，他的臉色變得有些不同，並不是外表的變化，而是……眼神跟表情，比適才更加猙獰了些？

葛宇彤闔上雙眼，嘴巴開始喃喃自語，這舉動帶領著六神無主的學生們，他們也趕緊專心……再害怕，至少身邊還有大人在！只有葛宇彤唸的是朋友教的送靈咒，她唸就好。

HUNTER在原地咯咯的笑著，都笑到快抽筋了，彷彿見這場面異常有趣，卓璟璿當然知道那個女學生已經消失了，怕是跟著邱彥菱離開的，只是很遺憾，人手有限，他必須選擇大局。

『我們可以跟他們一樣的！』HUNTER狂笑起來，『可以讓他們怕我們！可以踩著他們！可以的！』

『風……水輪流轉。』張振易抽著嘴角，笑得極其詭異。

他們不正常的眼神均望向林恭正，像是一種寄望，更多的是期盼。

「喂。」卓璟璿瞪著林恭正，「你不是林恭正對吧？」

林恭正淡漠低首，不發一語，他原本死白的臉正逐漸罩上青光，滿腔的憤怒根本無從宣洩，看著卓璟璿，他只想到警察有屁用，在他最痛苦時誰幫了他？看見導師，他會想到黃千瑪要他吞忍的神情、看到秦子祥，他就會——想殺了他！

「叫你呢！」卓璟璿突然筆直走向林恭正，西瓜刀面直接貼上他的臉頰，「林恭正！」

林恭正被燒得一秒彈跳起來，驚恐的扭動身子，『哇啊啊啊——』

同一秒，卓璟璿扭身扔出應該在腰際的警棍，正中意圖不軌的胖子額頭，咚！

「你不知道我背後也長眼的嗎？」卓璟璿厲聲吼著，立刻再轉回正面，擎刀向著林恭正，「你是誰？我覺得你不像林恭正。」

不是林恭正？暴牙妹聽得莫名其妙，刑警說話好奇怪。

『呼……呼……』林恭正撫著燒焦的臉，益顯怒火中燒，『你……我一定會殺了你，不要以為你可以欺負我……』

「你承載了他們幾個的怨恨嗎？我聽說的林恭正可不是這樣的人。」卓璟璿皺眉，狐疑的看著他，「死後得到了力量就想傷害人？現在的你跟秦子祥他們沒什麼區別吧？」

『不一樣！』這句話，是圈外三個亡者異口同聲吼著的。

「一樣，力量大的欺負弱小，感受著他們的恐懼覺得愉快，這就是那些人欺負你們時的想法。」卓璟璿悄悄往樓上瞥了一眼，希望林蔚珊來得及攔下邱彥菱。「一轉眼易地而處，你們也變成你們心中最恨的那些霸凌者！」

『我沒有！』林恭正憤怒咆哮，臉更青了，『這是他活該，難道他逼著我上絕路，

讓我生不如死，卻什麼都不需要扛嗎？』

「你希望他扛什麼？扛什麼都換不回你的命。」卓璟璿認真望著他，「一條命啊，你們幾個……死了就沒了，而且為這種人死真的太不值得了！」

邊說，西瓜刀指向了秦子祥的背後。

『不值得……哈哈哈，不值得……』HUNTER突然笑起來，什麼叫不值得？他懂，但是他懂得太晚了。

他驚覺的時候，是淹死在自己血水中的時候？是眼前漸暗的時候！或許張振易也有一瞬間的明白，就在雙腳踢動掙扎，試圖讓自己的頸子脫離繩圈的時候……啊，林恭正呢？從六樓到一樓，或許在二樓時他有想開過。

但一切都已經來不及了，選擇死亡的瞬間，他們想的就只有逃避。

為什麼不能逃避？太痛苦了，不逃撐不住啊！

「這種人才是真的懦夫，不靠著裝強、欺負人，就怕被別人瞧不起！」卓璟璿邊說，還不客氣的輕用膝蓋頂了秦子祥一下，感受到他縮起身子的恐懼，「他就是什麼都沒有，才會恐懼，說穿了就是個紙紮的老虎，裡頭空空如也，為這種人難受，不值。」

林恭正瞇起眼，瞪著秦子祥的背影，什麼都沒有……是啊，連陰陽眼都是騙人的，可蠢的是他，因為他信了。

「你們總有要好的同學吧？別的不說，暴牙妹為了你也算仁至義盡了，還摔斷了腳，再不說別的——」卓璟瑃指向游雁然，「送你耳機的人，不知道哭了多少個夜晚，早知道送你禮物會逼死你，那不如不送。」

「嗚……」下一秒，游雁然無法遏抑的哭了出來，「不要說了……」

句句字字砍中的是她的心啊！

『不……不是游雁然的錯。』林恭正忽然一顫，搖著頭，『不是！』明明是秦子祥！

「是我！我不送你就沒事了！秦子祥就不會拿這個做文章！」游雁然忽然喊出聲，她忍了好久，情緒卻在這時崩潰，「康哥也不會借題發揮，一切都是我的錯！」

葛宇彤睜開雙眼，拜託大家握緊啊，她加重手上的力量，希望傳遞訊息，妳可以哭可以吼，就是不能鬆手。

眼尾瞟向林恭正，動搖的他有些恢復死亡時的樣子……不，似乎更多。

「刺毛，」她開口，「加把勁。」

「加什麼啊？」他狐疑的皺眉，刀子倏地指向 HUNTER，「我是在說實話，你——再動我就把你的頭砍下來！」

HUNTER 搖晃著身子，滿臉不悅。

「你腫成這樣，在泳池裡割腕，很威嗎？有沒有想過紅豆看見你的時候會怎麼想？」卓

璟璿莫名其妙迸出了個名字，再轉向張振易，「你呢？上吊自殺，在公車站每天一起上學的蕃薯等不到你，又怎麼想？」

這瞬間，亡者們臉色丕變，這個渾身發著迫人銀光的警察說了幾個名字……幾個糾結的名字。

「樓上那個，想也沒想過第一個發現她燒炭自殺的人，是她才七歲的妹妹！」卓璟璿朝著樓上大吼，「不是在訓斥你們自殺前沒想過重視的人，想得到你們就不會走上這條路了，是要你們不要再錯下去！為了那些霸凌你們的懦夫傷害親友的心，不值得！」

中氣十足的聲音在博學樓迴盪，樓上的學生們都聽見了，他們被安置在教室裡瑟瑟顫抖，不明白發生了什麼事，但至少這句話聽得一清二楚。

在樓梯間的賴映晴也聽見了，淚水滴落，她沒想過讓妹妹發現她醜陋的遺體的！在頂樓的邱彥菱也聽見了，她不想理警察說什麼，只顧著把門關上，拿掃具穿過門把，不讓任何人上來。

「不關我的事、不關我的事……我不這樣怕被欺負的，我國中時都被人惡整，我不想再一次、真的不想……」

卓璟璿做過功課了，葛宇彤劃起微笑，把幾個死者都摸透，喚出他們心底介意的名字，有助於戾氣的消散；她加緊唸著送靈咒，咒語不是即時生效，得一寸一寸逼他們進去才行。

但咒語只是開門，前提是他們得踏進這圈裡來！

「都是我的錯……我想過了！」游雁然回首看著林恭正，「你要找人出氣就找我好了，一開始就是我造成的！」

不，不是！林恭正飛快地搖著頭，頭顱越搖越快，到了一種非常嚇人的地步，游雁然看得驚恐萬分，幾乎都已經瞧不見林恭正的臉了！

跟游雁然無關，跟她沒有關係……暴牙妹受傷也不是他害的，教室裡的哭聲好虛弱，但是他也沒有想傷害過同學，真的沒有！

有錯也是秦子祥，是……啪，抱著臉的林恭正突然跪下，他額上的裂口倏忽迸大緊接著一塊頭骨就這樣掉了下來。

卓璟璿擰眉警備，看著林恭正整個人都在龜裂，身形模糊成詭異的霧氣，只是在那中間，還有著另一個人。

「不會吧！」卓璟璿喃喃說著，回眸看著一動也不動的兩個亡者，他們的怒氣也沒有剛剛的沉重了。

緊握著西瓜刀，他大膽的劈近龜裂的縫裡，將裂塊撥開。

那裡面，是另一個林恭正。

當西瓜刀觸及裂塊的瞬間，裂開的黑霧瞬間散開，化成一陣淒厲長叫的悲鳴，消散在空

中；林恭正依然還是那張摔爛的臉與骨頭盡碎的軟爛身軀，但是臉上多了更多的和善。

『對不起……我沒想要傷害誰！』林恭正一見到卓璟瓚就迸出這句，『我是生氣、我是怨，但是我從來沒有要殺主任、導師甚至輔導老師他們！連康哥也沒有！』

卓璟瓚反而有點遲疑，他卻步向後，這種翻臉跟翻書一樣快的速度，並沒有讓他比較安心。

游雁然望著他，淚如雨下。

『對不起，不是妳的錯，一直都不是。』他試圖趨前，卓璟瓚橫刀擋下，『是我自己傻，我……我還是很想要妳給我的那份禮物。』

游雁然緊咬著唇，只哭得更悲切。

「是因為他們嗎？還是因為召靈？這方面我不懂，不過……你正常就好。」卓璟瓚聳了肩回身，卻見另外兩個亡者仰頭向上。「喂，看什麼？」

HUNTER指向了博學樓上方，張振易則皺起眉搖搖頭，『她不想離開的。』

她？她——卓璟瓚詫異的向上，「林蔚珊！妳有看見邱彥菱嗎？」

咦？在教室裡的林蔚珊一驚，在叫她嗎？她小心翼翼的走出，攀著女兒牆往下看，「邱彥菱？她不是跟你們在一起嗎？」

「她上樓很久了！沒進教室？」卓璟瓚可急了，能去哪裡啊！

『留我們的是她。』林恭正緩緩走到圈外。『我或許憤怒，但真的沒有傷過任何一個同學……』

林恭正難受的說著，跨進了圈裡。

葛宇彤緩緩睜眼，現在在她眼裡，這三個亡者都是無礙的靈體，殺氣少了些，但說全然無怒就是騙人的了。

「是，麻煩你們了，事後會請專人幫你們……減刑之類的。」畢竟還是有五條人命葬送在他們手上。

『沒想過要誰死，但是……』HUNTER望著發光的圈微微一笑，『竟也不後悔。』還多了份痛快呢！原來人的本性就是藏著這樣的殘忍，就連曾經身為被霸凌對象的他們，當易地而處時也是一樣。

HUNTER踩過了圈，張振易也是，林恭正遲疑著踩入，同學們禁不住抬頭看向了他……除了秦子祥。

「對不起，我們不該亂召靈的。」暴牙妹噘著嘴，不召就沒事了，「以後不會做這種蠢事了。」

秦子祥只是微笑，表情平靜得無以復加。

「我不會再漠視。」班長沉重的說著，「我會盡我所能……就是阻止下一個悲劇吧。」

大餅跟小皮不約而同的點頭，雖然不知道自己能做到哪裡，總比再看著同學出事的好。奇異果皺著眉不發一語，只是啜泣著，而秦子祥始終低著頭還帶著滿臉怒容，只為被揭穿而惱火。

「你剛說你不是自殺，那是為了什麼？」游雁然沒有忘記剛剛所言，「在電話裡時，你們說了什麼？」

說到「你們」兩個字時，她下意識加重了手上的力道，扭秦子祥的手指。

「啊！妳幹嘛！」秦子祥立刻抬首對她大吼，「我為什麼要讓妳知道啊！」

『不重要了——啊！』林恭正倏地往上抬，『……她會做什麼的！她是怨氣最深切的人，我們都是被她束縛住的！』

她！賴映晴！卓璟璿趕緊往上看，手電筒跟著打光，「邱彥菱！妳在哪裡！」

頂樓嗎？林蔚珊立刻往樓梯奔去。

「走開——叫她滾！我不認識她，為什麼要找我！」邱彥菱尖叫著，門都鎖了，但是那個女學生還是出現了！

賴映晴逼著邱彥菱踩上了牆頭，殘虐的眼眸瞪著她，在卓璟璿或是葛宇彤瞧不見的地方，唯有她戾氣不減反增，而且是所有的怨與恨都集中到她身上了……她自願、她召喚，因為她有著太多太多的不甘願！

她的人生，不該只有她後悔！

「我沒有真的欺壓過誰！都是秦子祥使喚的！」邱彥菱隨意朝樓下指著，「妳找錯人了！」

尖吼聲在寂靜的校園裡聽得一清二楚，卓璟璿覺得狀況非常不妙，沒有多餘的人能上樓去協助，他……或許他……

「你不能離開這裡。」葛宇彤出了聲。「林蔚珊上去了嗎？」

「上去了。」卓璟璿後退著，「萬一、我是說萬一她掉下來的話──」

他望著頂樓，再看著送靈圈，這怎麼樣都像是林恭正的事件重現，墜落的地方不會差得太遠，只是現在這個圈的位置更小，他擔心的是會摔在誰身上！

圈子裡的學生們比他還擔憂，還添了絲恐懼的氛圍，他們是害怕那個女孩子的，原來從頭到尾繫著這些亡者、增強他們憤怒的就是那個女孩！

葛宇彤遲疑數秒後，突然朗聲唸起了咒文，模仿效應遂起，也拉回了大家的心；班長即刻大聲接口，跟著她的節奏唸著，大餅與小皮跟上，奇異果猶豫著還是乖乖跟著唸，女孩子們也瞬間加入了行列。

秦子祥一點都不願開口，他緊抿著唇，依然帶著不屑的姿態。

游雁然沒有闔眼，而是看著林恭正送他走，他們之間論不到男女之間的喜歡，但至少有

朋友的「喜歡」，否則她不會送他想要的耳機；暴牙妹劃著微笑凝視著林恭正，真希望他可以被好好的超渡，希望這些事件不會影響到他。

班長心中百感交集，現在看著林恭正，腦子裡居然浮現出過去林恭正被秦子祥他們惡整，而他只是站在旁不敢出聲的畫面。

說穿了，好像誰都不勇敢？

「救命！老師——救命！」邱彥菱的聲音劃破短暫的寧靜，她轉身向著樓下喊，「警察幫我！警察救命！」

樓上的林蔚珊根本開門未果，急匆匆的又在五樓牆邊現身，「頂樓門被鎖死了！我進不去！」

門怎麼會鎖著呢？

不行！他得上去一趟！卓璟璿緊握著西瓜刀，回頭看著那送靈圈，可是他又擔心——

「卓璟璿！你不能離開！」即便背對著他，葛宇彤也知道他在想什麼，「等等會發生什麼事難以預料，這邊不能沒人幫忙！」

發生難以預料的事？學生們紛紛暗自顫抖，這點彤大姐剛剛沒提啊！

「呀！啊呀——」尖叫聲再度傳來，邱彥菱轉眼竟被逼上了牆頭，如同走鋼索的人般在上面遊走，「妳幹嘛逼我！誰逼妳的妳去找誰……我、我……」

『妳看到了。』賴映晴唰地跳上牆頭，輕而易舉的。

邱彥菱顫了一下身子，「什麼？」

『妳明明看到的。』賴映晴伸手抓住自己的制服，幾乎才碰到，釦子就鬆脫，她的衣服竟然轉眼多了好多道撕破的痕跡。『妳看見他們在扯我的衣服——』

咦……邱彥菱看著那破爛的制服，裡頭是死白但瘀痕明顯的肌膚，女孩子的頭髮一撮撮落下，頭皮帶著紅腫，她震驚的瞪圓雙眼，她看到了！對……她在哪裡看見的？

在……多久之前的事，她已經不記得了。那是在她念這所國中之前，她還是小學生的事啊！

「妳是那個女生？」她詫異的瞠目。

『漠視就是一種罪！』賴映晴猙獰狂怒的衝向邱彥菱，毫不猶豫的抓著邱彥菱一起往下跳！

如果那時那個小女孩出聲、或是去找人求救，她就不會被拍下那些照片了！

那些人就不會在 FB 上公開她狼狽的裸照，嘲笑她、取笑她，不管學校怎麼制止也沒用，他們都可以在刪除後立刻再發佈！FB 不行，就貼 LINE，就做懶人包——她沒有做錯過任何事，她只是不想幫忙作弊而已！

為什麼那個小學生看見了，聽到了她的求救卻什麼都不說！

「哇啊啊啊——」駭人的尖叫聲落下，就在林蔚珊面前掃過，她震驚的傻在原地，不敢想像剛剛掉下去的是什麼。

送靈圈學生收緊手臂，他們聽見的聲音帶著恐懼淒厲，而卓璟璿望著距離——為什麼邱彥菱幾乎是直朝著他而來的！

左邊？還是右邊——

砰——一個身軀重重的摔落在圈的中間，鮮血濺上了學生們，好幾個人嚇得直覺性的想縮手，都靠著身邊部分夥伴的理智撐了下來，秦子祥甚至指尖都要脫出了，大餅趕緊再抓回他的手。

眼前趴臥著頭破血流的邱彥菱，她還沒死，一雙眼恰好與秦子祥四目相交，嘴巴無力的開闔著，在自己的血裡吐著泡泡。

賴映晴沒跟著進圈，她怎麼可能如此甘願？就在邱彥菱快落地的瞬間，她撲向了卓璟璿！

盤算如此美好，但是計劃永遠趕不上變化。

西瓜刀橫劈在她的腹部，賴映晴用那轉為血紅的雙眼看著卓璟璿，她不明白，為什麼這個警察的速度能這麼快！

離地三尺，卓璟璿剛剛向旁挪了一步，穩住重心後即刻向上揮出西瓜刀，不偏不倚的迎向撲來的賴映晴；抬起頭的女孩子與他如此的近，卓璟璿擰起眉，賴映晴望著那雙堅毅的眸子，眼神裡沒有她慣看的同情，竟也沒有恐懼。

「該回家了。」卓璟璿將刀子舉起，連帶著舉起那其實沒什麼重量的亡靈。

賴映晴被甩進了圈裡，她的腹部已成焦黑，人幾乎被斬成兩截，葛宇彤見狀不由得回頭瞪著他，不是說是學生們？下這麼重的手？

「她想殺我耶！」卓璟璿超無辜的。

殺？葛宇彤正首，看著趴在地上掙扎的賴映晴，正帶著惱怒的眼神瞪著他們……所以異變的只有她嗎？

「砍得好，大家！加把勁——」葛宇彤大喝一聲，「我沒說鬆手前，絕對不能鬆手——」木小姐，啟用一點點妳的能力吧，唸這麼久這些傢伙都沒消失，朋友也沒說他們究竟該怎麼回去……就動用一點靈力，快點送他們上路吧——

整齊劃一的送靈咒傳來，林蔚珊帶著疾速的心跳也開始默唸，躲在班上的學生們不知道誰先開始的，也同步的開始唸著那兩句咒語，儘管害怕、儘管哭泣，大家無不自主的默默握起彼此的手，想送同學上路。

連帶不認識的學生也一起走吧，這一世已經結束，希望你們的下一世會更美好。可以在最痛苦的時候，有一扇除了死亡外的解脫之門。

林恭正，慢走。

林恭正，對不起……

『我不要……我要她們跟我一樣！』賴映晴還在掙扎，用雙手撐著身體起身，『為什麼死的只有我？』

葛宇彤睜開眼，凝視著她，原來也是有人到最後依然想不開。

『妳這份勇氣，為什麼不在活著的時候用呢？』林恭正蹲下了身，『如果我能有這樣百分之一的勇氣的話……』

話沒說完，送靈圈裡開始變化，地面轉成深黑色的漩渦，像是一道門的開啟，最先滑下去的是HUNTER……他有點驚愕、有點悲傷，也有點害怕，不過努力帶著一抹笑，任漩渦將他捲入。

「大家閉上眼！」葛宇彤趕緊高喊，這場面沒人跟她說過！

學生們聞言立刻閉眼，游雁然還殘有不捨，但是地上的變化好可怕，她就怕自己再多看幾眼會嚇得放手！

接著是張振易，他看起來很惶恐，但那吸力像是無法拒絕，緊閉上雙眼咻一下也捲了進去；卓璟璿算是大開眼界，他不知道那是什麼……通往什麼陰界的門嗎？

『不不不……』賴映晴拚命用雙手爬出圈外，可是她的上下半身根本合不起來。『還沒結束！拍我裸照的、傷害我的、張貼的人，我要詛咒他們、詛咒他們這輩子都淒慘，我要——』

林恭正認真禮貌的朝著葛宇彤頷首，再向著卓璟璿道謝，回眸瞥了游雁然最後一眼，帶著微笑自個兒摔進了那黑洞裡。

賴映晴終於伸手抓住了邱彥菱的腳，她不想走！或許抓個陽界的屍身，就不會被拖下去對吧？

可是，漩渦幾乎來者不拒，捲上了賴映晴的下半身，緊接著是上半身，而邱彥菱的屍體也真的被往下拖——葛宇彤驚覺不對，總不能讓邱彥菱死不見屍啊！

『啊啊啊……啊啊……』賴映晴難受的哭喊著，哭調裡盡是滿滿的不甘心。

她捲進去了，邱彥菱跟著沉入，葛宇彤無法想到其他法子，瞬間鬆開雙手，二話不說就撲上前去抓住了邱彥菱的上臂！

咦？驚覺到葛宇彤鬆手的學生一怔，彤大姐放手了？

「不許睜眼！」緊接是卓璟璿的吼叫聲，他即刻飛撲上前！

強大的吸力拉著葛宇彤，卓璟璿由後環住她的腰際卻也難擋那份力量，他們被強力往下拖，黑色漩窩下方是橘紅的光，有些像是岩漿的色澤，裡面有無數人的哭嚎慘叫。

他選擇別過頭不去看，只顧著抱緊葛宇彤，試圖要拉起。

但是賴映晴拉著邱彥菱、葛宇彤抓著邱彥菱的雙臂，而他抱著她，四個人環環相扣，卻完全止不住被吸引的力道。

漩渦般的門開始由外圍恢復成正常水泥地，門要關了——卓璟瑲拚命的往上拉，至少必須將葛宇彤拉上來！

「用力啊！葛宇彤！」他咬牙低吼。

「你以為我在玩嗎？」什麼廢話！

這陣驚呼讓班長忍不住睜眼，他瞠目結舌的看著眼前一切，簡直說不出話來！

「大家——」他慌張的意圖站起，大家得去幫忙啊！「哇！」

忽地一陣風強勁襲來，所有學生莫不睜不開眼，卓璟瑲感受到不對勁卻沒辦法應對，只感受到更大的拉力來自於他背後，一骨碌將他向後扯離，同時間拽出了葛宇彤及她手中的邱彥菱！

在漩渦關閉前，邱彥菱的屍身整個被拖了出來，或許鞋底有削去那麼一小塊，但也沒人在意了。

「呼……」卓璟瑲痛苦的皺眉，鬆開一隻手仰躺於地，「我覺得全身的細胞都要死光了……」

葛宇彤望著雙眼依然圓睜的邱彥菱，瞳孔已經放大，不知道她是什麼時候走的……她疲軟的鬆開手，無力感瞬間湧上，她覺得再也動不了了……

「謝謝……」她有氣無力的說著，懶洋洋的往左邊望去。

這一轉頭，看見的是近在咫尺的男人仰躺著，左手背靠在額上，看上去也是疲憊不堪。

卓璟瑢嘆了口氣，這才緩緩向右，卻差點沒嚇到的頓了一下——他們也太近了吧！不留意只怕就親到了！

突然間意識到自己右手還圈著她的身體，他突然有點不自在。

「拜託！」他尷尬的想抽回手，「跟妳在一起，我覺得遲早會因公殉職！」

「我倒覺得可靠很多！」她刻意往他胸前轉了半圈，壓上他的身體，不讓他輕易抽手。

「喂！跟我道什麼謝啊，我根本拉不住妳！要謝就謝拉我的——」卓璟瑢往旁邊一指，「我剛跟你道謝，沒回禮喔？」

「嗯？」

他錯愕的往左邊看去，頭往上瞄瞄，往下瞅瞅，終於禁不住以雙手撐起身子，連帶壓在他身上的葛宇彤也坐起了。

他們以為是學生幫忙的，只是現在學生幾乎是以放射狀的姿態個個昏厥在地，而除了他們清醒著外，根本沒第三個人！

「糟！」葛宇彤趕緊起身，就近先探測班長的頸子，「……有脈搏！」

卓璟瑢雙手各量著暴牙妹的脈搏，「我這邊也是，感覺像是睡著了一樣……」

昏迷的學生們，死亡的邱彥菱，那麼剛剛是誰拉他們起來的？

「不會吧！」葛宇彤擰著眉心站起來，謹慎的環顧四周，難道又是那紅眼怪物？

卓璟瑢向樓上望去，林蔚珊早就沒趴在女兒牆上了，根本沒人在附近啊……他彎身拾起西瓜刀，甩甩刀面讓灰塵灑落，交還葛宇彤。

「沒事了？」他動手為她撥掉身上的灰塵，順便檢查傷勢。

「應該沒事了，把召出來的東西給請回去了。」她依然是戒備姿態，「我上去看學生，你報警吧！」

卓璟瑢不由得望向地面上呈現扭曲姿勢的邱彥菱，這場景真是似曾相識。

「簡直跟林恭正一模一樣。」

趴姿著地，頭破血流，手腳關節俱斷，全翻轉了一圈，瞪大的雙眼死不瞑目，葛宇彤也沒打算協助其瞑目。

每個人都有怨有恨有悔，誰曉得她的不瞑目是哪一個？

她走向了也昏過去的秦子祥，對這間學校跟班級而言，只怕事情還沒有結束。

國王的新衣還在呢。

第十二章

折騰了一夜，總算陸續把現場採證完畢，邱彥菱的遺體送離，因為學生眾多，大批警力直接到校做筆錄，加上家長紛紛趕到，人一多，現場立刻陷入混亂。

林蔚珊協助學生做心理輔導，安撫著學生情緒，葛宇彤則負責陪同召靈圈的學生們，還叫了麥當當外送給大家補充熱量；卓璟璿自然有他的工作要忙，從警方接手讓他們也沒什麼時間談話，更別說他們也算證人之一。

召靈圈的學生身分特殊，幾乎是分開詢問的，每個人均知無不言、言無不盡，葛宇彤想知道最後一刻是誰拉起她跟卓璟璿的，學生們口徑一致的沒人看見，他們只覺得風大到睜不開眼，下一秒就什麼都不知道了。

而秦子祥說詞自然不一般，他說他是被逼的，葛宇彤及卓璟璿使用公權力逼迫他加上那個圈子，行使怪力亂神的儀式，說什麼可以把鬼送回去，問題是根本不是那樣搞，還害得大家差點送命。

邱彥菱就是個顯著的例子，他用惋惜的口吻說著，一個康哥一個邱彥菱，全都是莽撞下的犧牲者，要是全權交給他處理，他一定可以好生的淨化他們……叭啦叭啦的廢話。還外加了林恭正他們不但沒送走，還成了一個詛咒，學校師生只怕接下來會陸續出意外。

相較於秦子祥，奇異果倒是意外的說出了許多驚人之語，他竟是最膽小的那位，事情結束後又哭又發抖的，不知是畏懼秦子祥，還是畏懼未來大家看他的眼神？

「你說什麼？」葛宇彤差點沒濺出手裡的咖啡，「林恭正可能是失足？」

「嗯，奇異果說的，他說林恭正會自殺是因為秦子祥騙他說，耳機線上有個女生的鬼魂，想對游雁然抓交替。」卓璟瓘抽空來啃涼掉的漢堡，「反正說服了林恭正，只要他願意以後不要凝眼，秦子祥就解游雁然的劫。」

「他信了？他信了！我的天哪！」葛宇彤不可思議的高喊著，「這種鬼話他也信！」

「嗯，依據『紅色斗篷的靈光』粉絲專頁的數字，有五萬多個按讚人數，目前還在急遽增中。」卓璟瓘相當無奈，「這個學校只有兩千人，但幾乎都加入了，我看大家都信？」

「危言聳聽，真的該防備的不防備……莫名其妙召什麼靈，召出真的帶有恨意的傢伙，才搞成現在這樣！」葛宇彤惱怒的來回踱步，「然後呢？為什麼失足？」

「奇異果說那時聽見秦子祥跟林恭正揭開謎底，告訴他『騙你的』的下一秒，林恭正就墜樓了。」卓璟瓘一手拿漢堡一手空手，「我想可能是秦子祥公佈答案前跳的，就是不小心跳下去的……畢竟如果早知是假，應該不會有人跳吧？」

是嗎？葛宇彤皺起眉頭，「時間差？」

「奇異果說是立刻，不知道有沒有一秒。」卓璟瑢狼吞虎嚥的吞完一個漢堡，肚子還餓，再拿了一個。

「難怪林恭正說他不是自殺……原來是這個緣故啊！」她喃喃說著，「還有說什麼嗎？」

「他說靈光是秦子祥的主意，秦子祥之前叫他看有沒有靈光，他不敢說沒有，卻沒想到事情越演越烈……」

葛宇彤焦慮的指尖在杯子上敲呀敲，「這些都是單獨問的吧？秦子祥的事如果曝光的話，我怕情形會很亂，別說全校了，只怕網路上的霸凌會隨之展開。」

「問題是小皮他們都知情，這種事擋不住的。」他當然明白她們的想法，「我只能做到帶秦子祥離開前，不讓風聲走漏而已，我也分別跟班長他們說了，請他們高抬貴手，雖然他有錯，是……」

「他是有病吧？不是有錯！」葛宇彤嘖了一聲，「到現在還說自己能淨化？連鬼都看不見的人淨化什麼？煩！」

「別說了，那小子剛剛還跟做筆錄的員警說他肩上有東西在，問他是不是肩痠……這年頭哪個人不是肩頸痠痛？」連卓璟瑢都忍不住翻白眼，「問到家裡時，又說自己是有錢人家

的孩子，現在這是暫居地，不方便說。」

「他應該直接去看精神科，我怕是妄想症。」葛宇彤放下咖啡，「最惱人的是，因為這種人，搞得天下大亂。幾條人命就此葬送？真的太不值了！」

「報告，學生陸續到校了！我們要先把傷者送走，現場也蒐證得差不多了。」警察進來通報著。

「好！早先昏迷的那幾個全部都送，輕傷的應該就不必了。」卓璟璿忙著走了出去，「秦子祥第一台車送走，第二台奇異果。」

「是。」最麻煩的人物得先送走。

學校的事絕對是晨間新聞頭條，老師們很早就到場，所以許多學生一起了早就趕來學校看熱鬧，不到七點已經一堆人圍觀，麻煩在於博學樓這裡車子進不來，救護車最多只能停在前棟穿堂外頭接應。

人員抬著擔架上的學生一一離開，第一個被抬起的就是秦子祥。

樓上樓下都站了許多人，老師們揹著攜帶式擴音器叫大家讓條路，每個人原本都期待學校 FB 能更新一下事件，結果都是二年一班的學生發文，關鍵性的秦子祥、奇異果或是班長他們都還沒有更新最後的事發經過。

不過……正因為資訊不透明，讓大家都想錯了。

有人拿起水壺敲著牆，發出有節奏的聲響，高聲喊著，「秦子祥！秦子祥！秦子祥！」咦？葛宇彤仰首看著樓上的學生，以及在附近聚集的學生，紛紛拿可以敲擊的東西，整齊劃一的發出同步節奏，一邊高喊著秦子祥的名字！

「秦子祥！秦子祥！秦子祥！」

不會吧？葛宇彤跟卓璟璿忍不住互看一眼，難道他們認為這種鬧鬼風波的平息，還是這位擁有「紅斗篷靈光」的男孩做的？

林蔚珊聽見呼喚聲心裡只是更加不安，她心跳得好快，第一時間留意的是在周邊的大餅他們。

「混帳！」大餅怒眉緊蹙，雙拳緊緊握著。

班長趕緊上前安撫，連小皮都選擇別過頭去，他們答應過卓警官的，不希望讓秦子祥在全校面前丟臉，戳破他那自以為是的謊言……但是這種英雄式的歡迎也太爛了吧？

暴牙妹忿忿的直接到臨時的詢問室去，警察只覺得莫名其妙。

而秦子祥呢？他被抬在擔架上，有種高人一等的尊榮感，亮著雙眼看著周邊所有學生的們的歡呼，嘴角禁不住笑了起來！

「秦子祥！秦子祥！」

看！他就該是天生巨星！看，他就該被人景仰！看看這樣的歡呼是他一個人的，是他，不平凡的秦子祥！

連醫護人員都有點愣住，他們沒有再繼續往前走，而是狐疑的看向警察看向老師，這是怎麼回事啊？

秦子祥滿意的微笑，竟伸出了手，揮手致意。

「病得也太重了吧？」葛宇彤咬牙切齒的說，他是在激怒班長他們嗎？

卓璟璿憂心的回首看去，幸好班長他們都還在後頭，只是表情看起來很糟糕。

一個人影突然到了教官身邊，一把搶過他的麥克風，擴音器瞬間發出高分貝的尖銳音——吱！

唔！這聲音打斷了本有的歡呼，讓大家忍不住掩耳。

『造成這一切的並不是秦子祥，他只是個大說謊家。』來人連鋪梗都沒有，開門見山的說，『在我們大家都看得見林恭正的亡魂時，他還是看不見，他根本是個永遠看不到陰界事物的絕緣體！』

卓璟璿撥開人群往前奔去，看著教官身邊的女孩不禁傻眼——天哪，是游雁然！

『他的紅色靈光是假的、他賣的符也是假的，只是一些Ａ４紙畫的東西，值得你們花幾千幾萬去買？傻子！』游雁然指著擔架上的秦子祥，毫不猶豫，『他說的話沒有一句是真的！每一句都是欺騙！』

什麼？林蔚珊揪緊心房——國王的新衣，要被脫下了！

「閉嘴！妳才是說謊者！她說謊！」秦子祥立即發難，「為了想要打擊我！」

『昨晚的人都是證人！你連林恭正的亡魂都看不見，還能看得見什麼？我不知道你病得多嚴重，要用這種謊言來包裝自己，什麼陰陽眼、什麼靈力，全是謊話，昨晚救我們的才不是他！』葛宇彤已經衝上去了，必須制止游雁然。『連什麼富二代都是騙子，我媽認識他媽媽，他媽媽在市場裡賣菜！』

咦？所有人都大吃一驚，這是怎麼回事！

「游雁然！」葛宇彤踩上高處，「妳不要這樣！妳會逼他上絕路的！」

游雁然瞥了葛宇彤一眼，竟搶下教官的背帶，直接往下跳去閃躲，『我這不是霸凌，我是實話實說，不說出真相的話，大家就會一直被蒙在鼓裡，林恭正就死得太不值得了！他就是信了秦子祥的謊言才會自殺，他是被逼死的！』

「游雁然！」葛宇彤不敢相信那一直靜默溫婉的女孩，居然如此堅決。

「騙子！閉嘴！大家不要聽她胡說八道！」秦子祥慌了，他驚恐拉著醫護人員，「我們快上車！快點！」

倏地人影自兩旁人牆竄出，游雁然擋在了擔架前面。

『怕什麼？想逃了嗎？為什麼不說說你白天在菜市場賣菜，晚上在幫人家清掃的媽媽？

她一天得兼十八個小時的工作才能養活你，你竟棄她如敝屣？』游雁然面對著秦子祥，指證歷歷，『整個市場都知道你，說你是愛說謊的孩子，十句有二十句是假的，自以為自己多特別，成天不學好，只會瞧不起你媽，還做什麼爸爸是有錢人的春秋大夢！』

「住嘴！住口——」秦子祥摀住雙耳，「不許說不許說！」

卓璟璿從另一邊上前，伸手握住了游雁然拿著麥克風的手，這讓她嚇了一跳，噙著淚的雙眸看向卓璟璿，他堅定的搖頭，「夠了！」

夠了……林恭正一條命，康哥一條命，林林總總加起來這麼多條，怎麼會夠了？

為什麼他們要阻止她，宛如她正在霸凌秦子祥似的，她只是說出實話啊！讓大家看清楚秦子祥的真面目！

卓璟璿將她肩上的背帶滑下，拿走麥克風，她雖有些抗拒但還是讓他拿走，醫護人員在卓璟璿的示意下繞過游雁然往穿堂的方向離去，游雁然呆站在原地，淚如雨下。

「不行。」她突然抬起頭，冷不防的湊上卓璟璿手上的麥克風，「秦子祥的爸爸，是個毒蟲，在他出生前就去坐牢了，五年前出獄後也沒來認他，他才不是什麼富二代！」

游雁然！卓璟璿不可思議的看著她，她的眼神卻帶著凌厲且絕不後悔。

鬆開麥克風，她直起身子昂首闊步，校內靜默數秒後一陣譁然，激動的怒吼與咆哮聲此起彼落，縮在擔架上的秦子祥再也不意氣風發，慌張的拜託醫護人員快點帶他離開……快點啊！

無奈學生沒這麼輕易放過他，原本讓出道路的學生們匯集，擋住了擔架去向，要他給一個交代。

「快上去維持秩序！」卓璟瑲高喊著，警察急速分開人潮。「不許打他！喂！你們！」

「敢騙人！你神經病！」

「豬！魯蛇，你這說謊的垃圾！」！

「把錢給我還來，什麼靈光——拖下來！拖下來打！」

「還以為英雄，你當我們白痴嗎！」

游雁然不再關心身後的紛亂，她筆直著朝博學樓走去，那兒有急忙衝上前的葛宇彤，在她們交錯身子眼神交會的同時，葛宇彤卻得到了游雁然的微笑。

「為什麼這麼做？」葛宇彤不可思議的問著。

「為了心安理得。」她輕巧的說著，「彤大姐，以德報怨，何如？」

不如以直報直，以怨報怨。

林蔚珊尖叫著上前，這是她最不願意的狀態，望著游雁然的眼神多有怨懟，但她也的確無能為力。

秦子祥眨眼間被拖了下來，連醫護人員都遭到波及，警察們雙拳難敵四手，發狂的學生太多，他們難以擋下。

叭——叭叭——長而刺耳的喇叭聲突然急促且不間斷的響起，切實的中斷了情緒高漲的暴力。

喇叭聲來自於穿堂外頭，葛宇彤好不容易擠到前頭，卓璟璿正夥同警方將人員排開，把秦子祥圍成一個圓，尚不瞭解外頭的情況；但從穿堂到秦子祥的位置不過十步之遙，突然如摩西過紅海般，人群紛紛讓了開。

只有幾秒，秦子祥卻被打得滿臉是血，他瑟縮著身子抖個不停，不停的啜泣著。

林蔚珊小跑步來到擔架邊，葛宇彤緩步上前，卻因為看見另一方筆直而來的人傻眼。

「啊，彤大姐！」十幾歲的耀眼男孩笑著打招呼，「好巧，居然在這裡見到妳！」

「……？」葛宇彤腦袋一片空白，她一點不覺得巧啊！「為什麼……你為什麼來這裡！」

顏思哲，顏家的兒子，國三生，有著如同明星般耀眼的容貌、卻極為謙恭的態度，簡直是富二代裡少女心中的王子。

「才不是，我是陪爸爸來的！」顏思哲微微一笑，回頭看向走來的中年男子，西裝筆挺，穩重如山，正是董事長，顏意紹。

他看著跪坐在地上的秦子祥一陣心疼，連忙脫下身上的西裝，二話不說就披上了他的身體。

什麼?卓璟璿不禁皺眉，他對這戶人家也多有懷疑，現在是在演哪齣?

他不解的看向葛宇彤，她緊抿著唇搖頭，誰知道現在是怎樣?她只知道，有顏家的人出現，絕對沒好事!

秦子祥嚇了一跳，惶恐的抬頭看向顏意紹。

「唉，可憐的孩子，原諒我來晚了。」顏意紹伸手，顏思哲立刻遞上手帕，「我一直找不到你們母子的下落，直到最近新聞熱門加上你的粉絲專頁，總算讓我找到了蛛絲馬跡。」

「唔……」秦子祥一臉不安，下意識想閃避他溫柔的拭血動作。「你……你是……」

「我是你父親的朋友，他生前委託我一大筆財產，叫我一定要找到你們母子，讓你們過好日子!」顏意紹憐惜的為他擦血，「我不知道發生了什麼事，不過你放心好了，從現在開始一切都沒事了，沒事了!」

一大筆財產?秦子祥被一把抱進懷裡，瞪圓的眼依然無法置信，顏思哲帶著迷人的笑容，看向了葛宇彤，又是頷首。

「爸，先去醫院嗎?送去我們家的醫院吧!」顏思哲彎身拍拍父親的肩，「讓醫生治療一下比較好!」

「啊!好的!救護車在外面等了!」顏意紹捧著秦子祥的臉，「好孩子，別哭了!」

顏思哲揮手，外頭的特殊醫護人員即刻扛著擔架跑來，俐落的將秦子祥扶上擔架後，疾

速接走。

他回頭望著學生們錯愕的眼神，嘴角忍不住微微抽搐……是，他終於等到了！

他就知道，他秦子祥從來就不會是普通人啊！

涼爽的海風吹來，白色的躺椅鞦韆在姹紫嫣紅的花叢裡輕輕擺盪，葛宇彤拿著水果冰茶悠哉的躺在鞦韆裡，享受著陽光、空氣還有美麗的海景。

服務人員引領一男一女走來，他們臉色都帶著一股錯愕。

「喂，妳也……過得太爽了吧？」卓璟璿踏上木棧平台，就能感受到清風徐來，「天，這裡真美！」

「哇喔！」林蔚珊一雙眼都快醉了，「我還想說為什麼要到這麼遠的地方來呢！好漂亮喔！」

配合卓璟璿的假期，葛宇彤說要好好休息一下，跟他們約了個花園餐廳，從市區開車過來要兩個小時的路程；路上卓璟璿還在說到底是要幹嘛，非得跑這麼遠吃頓飯嗎？

抵達目的地，發現葛宇彤包下景觀餐廳戶外的包廂角落，這兒突出於礁岩之上，種滿了繽紛花卉與灌木叢，中間就架了一個白色的躺椅鞦韆，任人坐在上頭逍遙！林蔚珊趕緊放下包包，也坐上鞦韆浪漫一下。

卓璟璿臉部線條略微放鬆，就著桌邊的籐椅坐下，今天是個非常舒爽宜人的天氣。

「好不容易事情結束了，總該好好放鬆一下。」葛宇彤懶洋洋的說著，「菜單在桌上，儘管點，今天我作東。」

「這麼好！」林蔚珊有些不好意思。

「妳沾刺毛的光，他救我兩次，我請吃這頓都還不夠。」她這話說得由衷。

卓璟璿瞥了她一眼，搖搖頭，「那種情況誰都會出手的，而且妳明知道最後我也是被救的一員。」

「你還是抱住我了。」她嫣然一笑。

卓璟璿望著她，今天的葛宇彤打扮不若平時幹練，難得見她穿雪紡紗的白色洋裝，簡單編髮卻放下大捲長髮，本來就是很漂亮的女人，今天更添了柔美感。

林蔚珊起身回到桌邊翻閱菜單，葛宇彤交叉雙腿繼續盪著鞦韆，喝她的果汁，不一會兒服務人員過來點餐後，這方角落就是他們的了。

學校的事總算告一段落，校慶於昨日延期舉行並完美落幕，會繼續舉行校慶自然是秦子祥那有錢義父的資助，為了讓秦子祥風光一番，顏意紹可沒有少花錢，全校每人還送了份厚

禮，以封住意圖抗議秦子祥斂財的悠悠之口。

沒想到秦子祥還真應了他所說，是個富二代？

「我就不懂了，秦子祥的爸爸哪來一大筆錢？而且還認識顏意紹？」葛宇彤脫口而出，「只有我覺得疑雲重重嗎？」

「大家都覺得怪！但我完全查不到，上頭也不許我繼續追查，畢竟算不得什麼案子，只能寄望記者去挖了。」卓璟璿認真的說道，「秦子祥的父親跟顏意紹完全沒有關係，而且還是因為顏意紹的出現，我們才知道原來他父親在去年就吸毒過量身故了。」

「對對，我聽到時有嚇一跳，因為游雁然跟我說，秦子祥的父親出獄後不想來認他們母子，那時感覺還活著。」林蔚珊立刻回應，「連秦子祥的媽媽都不知道她老公的狀況。」

「既然跟顏意紹不認識，那怎麼牽上線的？而且不是毒蟲嗎？哪來的家財萬貫？」葛宇彤緊皺著眉，費解啊！「這家人只要出現都沒好事！」

「還好吧？」林蔚珊咬了咬唇，「換個角度想，秦子祥現在生活過得不錯啊，應了他所說的，他真的是富二代了……那天後也沒回學校，這也算是避開了可能發生的霸凌事件。」

「喂，妳不覺得這樣說很不公平嗎？他欺騙、霸凌又向同學斂財，謊話被揭穿後大家會去指責他，這就叫做霸凌？」葛宇彤挑高了眉，「我到現在對這個論點依然不以為然！」

「葛宇彤！他是錯了，欺騙人不對、斂財也不對，但是妳該知道學生們的指責跟批判最後一定會流於霸凌，然後呢？又一個林恭正怎麼辦？」林蔚珊其實自己也很矛盾，「我覺得他應該受到教訓，但我並不希望他因此痛苦、甚至走向自殺。」

「我只相信因果。」卓璟璿喝了口水，「我不想太複雜的事，種什麼因該得什麼果。」

「嘿！乾杯！」葛宇彤忙前傾身子，朝卓璟璿舉杯。

他難得笑了，端過水杯與之互擊，看得林蔚珊皺眉。

「欸，你們這樣很像放縱霸凌耶！」她氣得鼓起腮幫子。

「沒人放縱，但該得的教訓還是要得。」卓璟璿義正詞嚴，「而不是跟沒事的人一樣變成富二代，又要去加拿大念書？做錯事沒被導正，以後只會變本加厲。」

「喔，我倒覺得他不會變本加厲。」葛宇彤突然悻悻然的開口，「跟顏家扯上關係的，好像……都沒有幾天享福的日子？」

咦？這話聽得讓林蔚珊直打寒顫，連卓璟璿也都同意的點點頭。

是啊，舉凡他們出手幫忙、收養的人，好像最後都列在失蹤人口的名單裡？

「別想太多……對，不要想太多！」林蔚珊搖著頭，「秦子祥要出國念書了，這樣應該就沒事了吧？」

天曉得，葛宇彤聳了聳肩。「其他人都好嗎？」

「啊，都好！」提起游雁然或是班長他們，林蔚珊就會劃上微笑，「一班的氣氛也變了，

大家變得比較熱心些，不再像過去那麼冷漠；這次的事件給他們許多陰影，有數位學生轉學或休學，但是召靈圈的大部分都待下來了。

「游雁然呢？她真是出乎意料的女孩啊！」

「比想像中倔強吧，不惜一切也要撕掉國王的新衣……畢竟朋友為此而亡。」林蔚珊也是能夠理解，「至於大松他……」

大松，所有人都以為已經死亡的學生，居然被發現被釘在廁所門上奄奄一息，只是林恭正並沒有心軟，他用釘槍釘滿他全身上下，最後順著脊椎一路釘下，奪走了大松的知覺與行為能力。

除了頸部以上外，大松這輩子下半身再也無法動彈。

他成了殘廢，只能說話、只能哭泣，但是人卻處於極度清醒，可以用來發怒、咆哮，還有用一生的時間後悔自己曾做過的事。

「連自殺都不可能，真慘。」葛宇彤冷冷笑著，「但也拖累了他的家人們。」

「葛宇彤！」林蔚珊不悅的喊著，她每次說話都很機車，「大松那樣已經夠慘了！」

「跟誰比？林恭正？」她挑了挑眉，「是沒必要受這麼大的罪啦，但是處置他的是飽含怒氣的林恭正，我們也說不上話對吧？」

「厚，好啦！」林蔚珊沒好氣的說著，「剩下安好的就是奇異果了，但他也休學了，我查過他寄養家庭的狀況，這是他第六個寄養家庭了，對於捲入這個事件，家長氣得要死，但我們也特別關心他的心理狀態了。」

「這個自然，他撐不下去的，當初最張狂的就屬他了，紅色靈光也是他先假稱，還開了粉絲專頁！」卓璟璿沉吟著，「想想也是因為他大家才會陷入恐慌，他對秦子祥的崇拜反而陷他於危難啊！」

「配合得很剛好啊！」葛宇彤轉向林蔚珊，「我介意的是六個寄養家庭？也太多了吧？他有問題嗎？」

「就這次的事件而已，妳覺得呢？越到青春期似乎越麻煩，他口中所說的親生奶奶，在他小學一年級時過世，所以他才開始流浪在寄養家庭中。」林蔚珊嘆了口氣，「或許因為秦子祥說了他奶奶在守護著他，奇異果才對秦子祥那麼死心塌地吧？」

「前五個是什麼理由不要他的？」葛宇彤只是覺得奇怪，因為奇異果還沒到很嚴重的地步啊。

「呃……倒不是不要，多半是養不起。」林蔚珊認真回想著，「車禍、意外，還有火燒屋的，都發生劇變及意外，沒辦法再照顧他，所以又……」

哇！葛宇彤轉了轉眼珠子，還真是個命運多舛的孩子啊！「一直出事啊？」

「現在這個家庭個我們當然隱瞞了，說了就沒人要他了。」林蔚珊也很無奈，

不太管他，但至少會養他……目前他打算休學一年，或是轉到其他縣市的國中去。」

「也好。」卓環璿點了點頭，「遠離原本的環境是明智的選擇。」

服務人員送上菜餚，葛宇彤離開鞦韆，一塊兒坐到了桌邊，今天吃的是西餐，前菜沙拉跟湯先上，悠閒慢活。

「不召靈就什麼事都沒有吧？」卓環璿仔細回想著這一切，「都是從召靈開始的。」

「應該是不要霸凌人開始！」林蔚珊認真的說，「做事說話大家都不能再多想一下嗎？」

「欸，說到這個，我仔細回想一遍，我覺得有件事很怪——」葛宇彤咬著麵包，「林恭正對秦子祥有怨恨、又被賴映晴所影響，所以對霸凌者的恨意很重對吧？那你們有沒有想過，暴牙妹的桌子、大餅的燈管，還有誰推暴牙妹下樓的？」

嗯？林蔚珊眨眨眼，她沒想過耶！

「想過。」卓環璿接口迅速，「可那天林恭正親口說過沒有傷害過他們。」

「對！所以是不是……我們漏了誰？」葛宇彤立刻彈指，「在班上，有人是真的具有力量的！」

而且不能忘記，召靈那天，博學樓玻璃全碎，在同地點的秦子祥等人，居然真的毫髮未傷——葛宇彤其實已經覺得，那個人不是躲在暗處，就是召靈圈裡的其中一人。

「咦？真的嗎？」林蔚珊相當訝異，「那個人……是在推波助瀾吧？他簡直幫了秦子祥！不管是移桌子、掉燈管或是推暴牙妹下樓，都好像是在宣告——敢冒犯秦子祥就該死！」

「這就是造神吶，為了要把秦子祥拱上國王的位子，為了讓他穿上新衣去遊街！」葛宇彤托著腮瞇起眼，「只是我懷疑是真的挺，還是另有目的……」

因為當國王的新衣被扯下來時，只會讓國王生不如死而已。

「好了！別想這些了。」卓璟璿忽然出聲，「既然是放鬆，就好好的吃飯如何？」

「對對！」林蔚珊甩甩頭，不想不愉快的事，「我想點杯酒好了。」

「好！儘管點！」葛宇彤笑開了顏，「欸，刺毛，也喝杯吧？輕鬆一下，又沒在執勤！」

卓璟璿凝視著她，猶豫了幾秒後終於首肯。

「酒單麻煩！」葛宇彤半舉起手，對著路過的服務人員說著。

風和日麗，氣候宜人、氣氛更好，葛宇彤愉悅的叉起生菜送進嘴裡，不管她有什麼懷疑、有什麼煩惱或是不平，她有種預感——

這些都將不成問題。

深夜，男孩將牆上的電線拉了出來，稍微動一下手腳後，躡手躡腳的溜出門；臨走前不忘從父母的皮夾裡拿走千元大鈔，背包裡放了幾件衣服，準備溜之大吉。

他下樓後跨上腳踏車便火速騎走，一直到五個街口外，才停了下來。

回首望著家的方向，專注凝視著家，視野頓時變化，像電玩遊戲中的放大拉近一樣，一轉眼五樓的家就在眼前，他看見外牆、進入家裡、看見客廳，然後看見了變電箱。

微微一笑，雙手擊掌，電線忽然互擊，火花迸射而出，很快地燒上了一旁的報紙堆。

「呼！」他闔上雙眼，做個眼球運動後再睜眼，他依然在五個街口外的路邊，但他家等等就會燒起來了吧？

家裡人睡得正熟，能不能躲過這劫就看個人造化囉！

啪啪啪……鼓掌聲突然傳來，奇異果嚇了一跳，倏地回頭往左邊人行道上看去。

「真精采！這麼遠也能操控嗎？」男孩帶著溫和的笑容，從容的站在人行道上。

簡單的T恤加牛仔褲，國中生模樣，但奇異果認得這傢伙一點都不簡單，是秦子祥現在的乾哥……顏思哲。

「您好。」他點點頭，趕緊跨上腳踏車要走。

「欸，急什麼？我可是專程來等你的！」顏思哲連忙握住他的龍頭，「這麼有天賦的人，才不能浪費掉！」

奇異果皺眉，他看起來不再畏懼或是膽小，眼神裡更多的是深沉。

「有事嗎？」

「想招攬你幫我們做事。」顏思哲倒也乾脆，「我們知道這次的事件是你一手策畫的，你才是真正的靈能者！」

奇異果疑心仍重的搖首，「我不懂你們在說什麼，老大他——」

「他只是棋子吧！雖然身為絕緣體也是少見啦，但他跟什麼靈光毫無關係，從頭到尾就只有你才是真的！」顏思哲打斷他的作戲，「別鬧了，那我先說說我發現的吧！」

奇異果嚥了口口水，雙手緊握著龍頭把手，他其實試圖移轉，卻發現這國中生隻手就制住了他的車子！

「起鬨召靈的是你吧？隨便朝好奇的同學提一聲，大家自然會起鬨；再來的靈異現象是你做的，搬動桌子、燈管掉落……我想在捷運站推同學也是。」顏思哲勾著漂亮的嘴角指向遠方，「就跟你剛剛在家裡引起火災的方式一樣，瞧！」

奇異果回首，遠處的公寓冒出了黑煙，再一分鐘，消防車就會鳴笛了。

「我們要不要到別的地方去？」奇異果悶悶的說，「這條路等等是消防車必經之路。」

「當然好！」顏思哲突然舉起手，遠遠的一台黑色轎車立刻駛來，「車子早已準備好了。」

奇異果遲疑著看著轎車，再看著自己的腳踏車。

「這個你用不到了。」顏思哲俏皮的說著，「不過你想要的話，我可以幫你保留。」

「我一定要上你的車嗎？」奇異果並不願意。

「嗯……不勉強。」顏思哲回首望著遠方，「啊，聽見鳴笛聲了，你被看到的話也不好吧？」

他本來沒有打算被看到的啊！如果不是顏思哲擋住他的去向，他現在已經騎到巷子裡去了！

「我要保留車子。」他悶悶的說著，還是下了腳踏車。

司機立刻將其腳踏車收到後車廂裡去，顏思哲親自為他打開車門，裡頭是豪華真皮的內裝，奇異果坐上去就感覺得到氣派與舒適。

「你不必緊張，我跟爸爸都在找有特殊能力的人。」繫上安全帶時，顏思哲輕鬆的笑著，「我們知道這一切都不是秦子祥做的，你幫他製造機會、順應他的想法，將他變成神——他絕對沒有想到，真正具備能力的人，是他旁邊那個小嘍囉！」

哼，奇異果忍不住笑了出來，那是帶著諷刺的笑容。

他瞥了顏思哲一眼，「我沒想到有人會知道，一般不會有人知道的。」

「那是因為我們那邊有很多跟你一樣的人。」顏思哲認真的說著，「你不是孤單的。」

「咦？真的嗎？」奇異果亮了雙眼，「可以看得見……那些？而且有特別能力？」

顏思哲肯定的點頭，「我剛說了，我們在招攬你們這樣的人。」

「哇！」奇異果為此感到雀躍，原來他不是孤單的。

「那我可以知道，你為什麼這麼挺秦子祥嗎？」顏思哲好奇的問。

「挺他？哈哈哈哈哈！我才不是挺他呢！」奇異果大笑起來，「這就……好玩嘛！我也沒見過像秦子祥那樣有病的人，只是順水推舟，他高興我也高興！」

「所以你是故意的？」顏思哲啊了一聲，恍然大悟的模樣，「他一直認為自己是特別的，所以你就乾脆讓他變成特別……」

「嗯，一年級剛進去時我就知道他是絕緣體了，我這種看得到的人接近他時會突然看不見，我想是磁場的緣故吧！但是他卻一直很認真的說他有多特別、陰陽眼啦、天眼通咧，還說自己是奇人，我真的覺得超扯！但是又很有趣！」奇異果微笑著，饒富興味，「趁機以崇拜他的態度變成小弟，後來就跟著他一起玩、一起鬧一起欺負別人，日子也不無聊……不過林恭正的自殺是意外，但是他還在那邊吹噓看得到林恭正的魂魄就真的太扯了。」

那天下午，林恭正明明是一直站在他旁邊的。

不知道為什麼，那瞬間他突然湧現一個想法，如果讓秦子祥真的變成「奇人」，情況會怎麼樣？

所以他移動了暴牙妹的桌子，又起鬨召靈，召靈時他也知道召出了不對勁的東西……不是不害怕，但是他有自保的能力，其他人他懶得管。

「召出帶怨的亡魂後我就很注意安全，但秦子祥繼續大放厥詞，把自己說得跟神一樣，所以我就一舉把他推上去……紅色斗篷的靈光、哈哈哈，真虧我想得出來！」奇異果狂笑不止，「你說，他還信以為真耶，他真的超厲害的！」

「就是啊，明明看不見還可以演得這麼像！」顏思哲強力附和，「那件紅色斗篷的靈光啊，簡直是給他穿上了國王的新衣！」

咦？奇異果一怔，「國王的新衣……對、對耶！這比喻真是恰到好處！」

顏思哲用力點頭，「就是啊，看不見的人都說看得見，不正是那童話的寫照嗎？」

「對，我那時也發現到人真的很奧妙，邱彥菱跟大松他們根本瞧不見……不，秦子祥根本不可能有靈光，一堆人都說看得見，這真的讓我體認到人喔，睜著眼睛說瞎話的本事太強了！」奇異果冷笑著搖頭，「阿諛奉承、巴結說謊面不改色，大家都只為了自己，什麼話都說得出來……哼哼。」

「那你知道游雁然會把新衣扯下來嗎？」

「不知道！我真的沒想到游雁然會那麼衝！」奇異果很認真的看向他，「那晚小皮已經揭開了他看不見鬼的事實，我原本想順其自然，就讓班長他們去揭穿……反正我打算離開了，但我沒想到游雁然會在那種狀況突然戳破一切，包括他爸爸的事！」

「原來……」顏思哲點著頭，「你並沒有打算讓他脫下新衣。」

「不需要了，班長他們都發現了，五個人加上警察跟兒福的，秦子祥也不可能再騙下去吧？」

「說的也是。」顏思哲笑望著奇異果，「你人真好，我原本以為你會刻意讓秦子祥隕落的。」

「沒必要，他自我感覺超良好的，就算揭穿了，我想他還是認為自己看得到吧？」說到這兒，奇異果充滿疑惑的看向顏思哲，「倒是富二代這件事居然是真的！你們突然出現嚇我一跳！」

「我們只是想要國王而已。」顏思哲笑得很神秘，突然往窗外看去，「啊，到了到了！」

「咦？到了？」奇異果往窗外看去，只看見深夜中的荒煙蔓草，他在山上？

車子停妥，顏思哲立刻下車，並吆喝奇異果下來。

「這哪裡啊！」奇異果下了車，他人在荒郊野外，附近原是長蘆葦草，什麼都沒有！

「我不是說了，我們在招攬跟你一樣的人。」顏思哲往蘆葦叢裡走去，「請這邊來，小心腳步。」

「噢噢，在這裡嗎？」好神秘喔！奇異果興奮極了，感覺像是電影裡的秘密基地！「大

家能力都很強嗎？像我只是陰陽眼、能移動東西，還知道怎麼避開鬼的攻擊。」

「能力倒不一樣，不過都有個共同點。」顏思哲止步回身，對奇異果伸出右手，往前比了個邀請的動作，「請。」

請？奇異果眼前只看見長蘆葦草，實在什麼都沒見到，但想到有一樣的人，便帶著期待的心情，順著顏思哲比的方向走過——咦？右腳突地踩空，奇異果瞬間抓住蘆葦，但蘆葦極為脆弱承載不住他的重量，也跟著折斷，奇異果就這樣摔下去了。

「哇啊啊啊啊——」

「全是悲劣的小人。」顏思哲冷冷的看著坐高速溜滑梯摔下的奇異果，左手勾勾手指，司機立刻帶著強力手電筒上前。

奇異果摔下極深的坑洞，痛得哀嚎，他的手腳都斷了，好痛……但是他還活著……還活著！

啪！上頭強力的燈光投射下來，奇異果吃力的抬頭，為什麼會這樣？「你幹什麼！」

「有朋友歡迎你呢！在這裡好好享受你餘下的人生吧！」顏思哲朝他揮手，「不必浪費精力想離開這裡，你無能為力的！」

「什麼……你在說什麼！」奇異果根本丈二金剛摸不著頭腦，看著燈光暗去，上頭人影頓時消失，「喂！站住，你回來！你不能把我扔在這裡！」

什麼都看不見啊！奇異果吃力的用勉強能動的右手拿出手機，毫無訊號……他打開手電筒張望，發現自己在一個很深的洞裡，像碗一般的坑洞，他就算要爬上去，也得行動自如才行。

往上照耀，早就不見蹤影了。

後頭足音突然傳來，他驚恐回首，手電筒朝後方照，赫見一個山洞！

山洞？為什麼會有山洞在這兒，而且這是什麼氣味？他忍不住掩鼻，渾身開始發抖……腐爛的味道！

然後，洞裡走出他詫異的人們。

「爸爸……媽……」好幾個爸媽、好幾個兄弟姊妹魚貫走出，這些都是之前寄養家庭中，因他而亡的「家人們」。

不管是意外或是車禍或是火災，他想離開這個家庭、或是被發現他有異常時，他會選擇殺掉關鍵人物，或乾脆毀掉這個家。

「奇異果！好久不見！」第一個爸爸是從工地上摔下來的，人穿過了鋼筋，所以現在身上好幾個洞。「爸好想你啊！」

「歡迎！」說話的女人頭顱扁到只有兩公分，她是車禍，車子失控衝入砂石車底下，被活活夾死的，「我們聊了好多關於你的事呢！」

「啊，他腳斷了，快扶他進去吧！」更多的「家人」趕緊上前扶起他。

「不不——放開我！你們都已經死了！為什麼會在這裡！」奇異果瘋狂的扭動身子，但是行動不便的他，根本無法應付這麼多位家人。「這是什麼玩笑嗎？你們是鬼還是人！」

「唉呀，這孩子說的什麼話！真討厭！」被燒死的第五個媽媽笑了起來，眼神一秒變化，冰冷的瞪著他，「當然是鬼啊——」

「哇啊！哇——放開！」奇異果無論怎麼掙扎，依然以坐姿被扛進山洞裡。

洞口突然站出了熟悉的人們，朝著他微笑。

「……邱彥菱？」奇異果詫異的看去，「導師……」

黃千瑀悲傷的望著他，她身邊還有輔導老師、教務主任、秘書，以及康哥。

「來來來！就等你了！幫你挑了個好位子！」康哥可熱絡了，「我跟你說，你可以活到九十八耶，超長壽的！」

什麼！康哥在說什麼！奇異果進入了洞裡，立刻看見了……

有個人吊掛在天花板上，那像是個木乃伊，雙眼正悲淒的望著他們，若不是他的雙眼還在眨動，他還以為那個木乃伊樣的人已經死了！

乾癟的木乃伊身上千瘡百孔，雙手還被倒勾的尖刺穿過，吊在半空中，血液從身上的孔洞滲出著，凹下的胸膛依然起伏，薄皮裹著骨頭看上去多淒慘，但是，這個人還活著！

「你得這樣活到九十八歲。」康哥笑彎了眼，「我算算，還有八十四年呢，哈哈！」

什麼……他會變成那樣乾癟木乃伊卻還活著？不不——

「原來我一直搞錯了。」冷不防的，從另一邊緩步走來了林恭正，「原來這才是地獄啊！」

「你就這樣活到九十八吧！寶貝！」幾個爸媽異口同聲，「你會得到很好的照顧的喔！保證死不了呢！」

尾聲

顏思哲扛著腳踏車，從容的在河濱區漫步，不時左顧右盼的尋找。

照理說應該在這附近啊！他有點遲疑，一路找過來都沒看到熟悉的面孔，接下來該往左？往右……嗯？朝右看的他遲疑了幾秒，最終劃上微笑，果決的向右走去。

這兒是橋下荒僻之地，上頭是高架橋，下面就是河床與石地，但也聚集了不少流浪漢，各人有各人的地盤，地方很大，就是不一定能有遮風避雨的地方。

前方不遠處有個舊衣櫃，已經被傾倒斜放當成屋頂，裡頭正抱頭瑟縮著一個人。

「不要！走開！我不認識你！」裡面的人還醒著，點著蠟燭照亮周圍，「我聽不懂！你找我沒有用！」

附近瀰漫著惡臭，那個人衣衫襤褸、渾身髒亂，外頭擺了許多餿掉的飯菜，不過一個月，就能過得這麼慘也是一絕。

「閉嘴！求求你們閉嘴！不關我的事！你們去找別人好不好！」對方痛苦的喊著，他跪在地上，雙手掩耳，連頭都貼上地了，「求求你們，我什麼都不知道，我什麼都……」

手。

一股香味傳來，顏思哲拎著一袋炸雞全家餐，擱在了他面前。

「咦？」來人抬首，嗅著那逼人香氣，立刻爬了出來！

先是看著刺眼燈光，但視線立刻又回到了炸雞上……想吃，拚命吞嚥著口水卻不敢動手。

「給你的，吃吧！」顏思哲蹲下身子，輕柔的說。

來人立刻抓出炸雞，髒亂的手不顧一切的拚命往嘴裡塞，又因為燙在那邊呼氣。

「不急，沒人跟你搶的。」顏思哲拍拍剛放下的腳踏車，「這台也送你，有個代步工具也好。」

斜眼瞄了眼腳踏車，又回到食物上。

「謝……謝謝！」他看著的雙眼裡渙散，除了驚恐外，更多的是瘋狂。

「要來跟你說，你媽媽我們會好好照顧的，給了她一份好工作，跟她說你去加拿大念書了，她很欣慰；過幾年會再跟她說你在那邊車禍身亡，不必擔心。」顏思哲始終維持著笑容，「嘿，怎麼樣？這麼多人跟你作伴，有沒有很開心？」

這麼多人，緩緩的梭巡四周，附近所有的魍魎鬼魅全部都圍在他的身邊，冤魂抱怨著、冤魂想叫他申冤，不安分的靈體甚至攻擊他，隨便算都有數十個亡靈陪伴著他。

「吵……不要再講了！」他嘴裡塞著食物，依然痛苦的抱怨。

因為死靈們依然圍在他身邊，纏著吵著，還有人把他手裡的炸雞撥掉。

「喂，給我點面子，好歹讓他吃完這一頓。」顏思哲出聲制止，「欸，當你心目中的『特別人物』，感覺如何？」

這瞬間，狼吞虎嚥的他突然頓住，倏地抬起頭看向眼前俊美的男孩，雙眼在此刻清明！

「啊啊……思哲！救我！救我！」秦子祥立刻扔下炸雞撲上前，「為什麼會這樣！他們一直纏著我、我不想待在這裡……拜託你！」

顏思哲任他抓著自己的手，只是睨著。「你不是很想要有陰陽眼嗎？要有強大的靈力？你秦子祥怎麼可能會是普通的凡夫俗子呢？這，就是擁有陰陽眼跟靈力的生活。」

「我不要了！我不要！」秦子祥歇斯底里的哭喊著，「他們在折磨我，我受不了他們一直出現，一直吵我，還有人會攻擊我！我不想要這個能力……帶我回去！為什麼你要這麼做！」

「國王的新衣得穿著啊，這麼華麗的衣服，你該永遠穿在身上，這不是你的願望嗎？」

顏思哲握住秦子祥的手，將之撥開往後推去，「慢慢享受你的特殊人生吧。」

「不不不！」秦子祥急忙的要往前抓住，卻又突然身子一僵……「咦？好香！好香……」

他瞬間轉身爬回去炸雞邊，拾起滿是碎石的炸雞，再度往嘴裡塞。

「好吃……呵呵……不行！不能給你們吃！你們已經死了！」秦子祥護著自己的炸雞，

眼神再度渙散瘋癲，「走開啦！我不認識你說的人，不要再說話了，不要啊啊啊！」

顏思哲踩著輕快的步伐，哼著曲兒離開了橋下。

秦子祥一手拿著炸雞，一手入袋抓起一把薯條，囫圇的吞入。

「我是特別的……我一直是特別的！」他一邊吃一邊呵呵笑著，「我超厲害的，我有陰陽眼喔，我看得到鬼、看得到——哇啊！鬼！鬼啊！」

後記

寫這篇小說前，已經定調是霸凌為主的小說，只是開稿沒多久，卻發生了一件令人悲傷的新聞。

該是美好的二十三歲，美麗的女模特兒因霸凌選擇吸氦氣終結生命。

這新聞沸沸揚揚，讓很多人開始討論網路實名制，與網路霸凌的界線。

其實這是道德與倫理上的事，無法輕易的界定，「批判」與「霸凌」之間的分際在哪裡？那是極其模糊的。

但我們也必須說，網路這幾年真的有些事是超過了，匿名酸人與霸凌的狀況層出不窮，最誇張的是，多數人只是為好玩、為了逼迫對方，罵人純粹為了讓對方痛苦，而這些人心裡就會很快樂。

這當然可以說是殘忍，但是許多人是以此為樂，而且人類還有種見獵心喜的特性，如果對方越反駁、越辯解，就會想要用更難聽的話羞辱對方。

我相信，正在看這本書的你可能也有這樣做過，也說不定正在做，或許心裡正嗤之以鼻的想著這作者簡直無聊透頂，拿著什麼高道德的帽子亂扣，我就是愛罵，誰能奈我何？

是的，老實說就算逼死了一百個人，霸凌者有沒有罪？這都是個大問號。

而且別忘了還有「批判」，當對方欺騙、犯錯時，我們當然會生氣、會想要斥責對方，難道罵不得嗎？難道憤怒之下的責備也會被歸為霸凌？

這該是錯的，有的人或商家犯錯就是該受公評，批判不該等於霸凌，只是分寸拿捏之間，在於我們自己。

做任何事、說任何話，是否能多想一下？是否不要混為情緒失控的窮追猛打？人身攻擊？甚至是跟風的無中生有？就事論事應該不難，但不明白做得到的人何以極少？

過去認識過不少被網路霸凌的人，有作家、也有漫畫家，她們經受著羞辱與折磨數年，被逼到進行法律程序後，抓到了疑犯……然後面臨到更加令人啼笑皆非的窘境。

霸凌者十五位，竟有十三位根本沒看過該作家的作品，純粹只是因為「罵人有趣」、「他那樣罵應該表示這作家很爛吧？一起罵罵看？」「我想這麼爛的作家應該私生活也不檢點吧？所以我掰一點故事。」

也有那種被抓到後一臉無辜，還哭得泣不成聲，直說他不知道會這麼嚴重，法官問他為什麼要這樣攻擊人，他坦承：「因為好玩，我這樣羞辱十個人，只有他有回應，覺得非常有趣。」

好玩、有趣、無中生有、捏造事實，可能導致一個人的憂鬱症、生活痛苦，甚至可能走向死亡。

但這些人卻會在被抓後苦苦哀求和解、拜託不要提起告訴，說一定會改進、會做善事……當他們在欺壓別人時，可曾給過對方機會？

當然，自殺是自己選擇的路，但難道間接的推手就真的毫無良心問題嗎？

有時候我會想，或許這些人真的沒有，因為如果有的話，是否一開始就不會這麼做了？

這話題實在有點沉重，故事也沒多愉快啦！但是很欣慰開始有人注意到這個網路霸凌問題，希望能持續下去，但是也很悲傷讓大家注意到這問題的起因，是來自一條年輕生命的犧牲。

希望不要再有類似的事件，希望大家看見霸凌事件能加以勸阻，希望身邊有朋友陷入憂鬱時能施以援手，不必跟他說什麼大道理，沒有這麼多「你應該」，傾聽、關懷與陪伴，才是最重要的。

至於這本故事裡，自殺學生的「理由」延伸出來的事件，請容我再三強調，如果雷同，純屬巧合。

只是故事，不必太認真看待。

最後，還是要感謝購買這本書的您，沒有您的購書行為，作者將無法支撐下去，真的非常非常感謝您。

笭菁

作者 等菁
封面繪圖 Fori
封面設計 克里斯
內頁編排 三石設計
總編輯 莊宜勳
主編 鍾靈
責任編輯 黃郁潔

出版者 春天出版國際文化有限公司
地址 台北市大安區忠孝東路四段303號4樓之1
電話 02-7733-4070
傳真 02-7733-4069
E-mail frank.spring@msa.hinet.net
網址 http://www.bookspring.com.tw
部落格 http://blog.pixnet.net/bookspring
郵政帳號 19705538
戶名 春天出版國際文化有限公司
法律顧問 蕭顯忠律師事務所
出版日期 二〇一五年九月出版
二〇二一年七月初版十二刷
定價 240元

總經銷 楨德圖書事業有限公司
地址 新北市新店區中興路二段196號8樓
電話 02-8919-3186
傳真 02-8914-5524
排版 三石設計

國家圖書館出版品預行編目資料

惡童書：國王的新衣 / 等菁作. -- 初版. -- 臺北市：
春天出版國際, 2015.09
面； 公分
ISBN 978-986-5706-89-0(平裝)

857.7 104017878

ISBN 978-986-5706-89-0
Printed in Taiwan